KÖLN KRIMINELL

TRUE CRIME

Greven Verlag Köln

BERND IMGRUND

KÖLN KRIMINELL

Lektorat: Wera Reusch, Köln
Gestaltung und Satz: Christina Schmid und Clara Neumann, Stuttgart
Gesetzt aus der FF Franziska und Weissenhof Grotesk
Lithografie: prepress, Köln
Papier: 90 g/m² Schleipen Fly 05 spezialweiß, 1,5-faches Volumen
und 270 g/m² Colorplan, Bright Red, Matrix
Druck und Bindung: CPI books, Leck

ISBN 978-3-7743-0941-8

Detaillierte Informationen über alle unsere Bücher finden Sie unter
www.greven-verlag.de

INHALT

VORWORT

Kennen Sie Irmgard Swinka? In ihrem Altersheim nannte man sie später »das Irmchen«. Was niemand wusste: Die harmlos wirkende Frau hatte mindestens fünf Leichen im Keller.

Oder haben Sie schon einmal von Franz Grobben gehört? Der Kölner Regierungspräsident musste seinen Hut nehmen, weil man ihn auf einer Schwulenklappe erwischt hatte. Sein Leben war danach zerstört.

Und erinnern Sie sich noch an den Bundesligaskandal von 1971? Ein Kölner hat damals besonders oft die Hand aufgehalten: Torwart Manfred Manglitz.

In der Nachkriegszeit galt Köln als Verbrechenshochburg – das »Chicago am Rhein«, wie die Medien schrieben. Aber es waren nicht nur Auseinandersetzungen im Rotlichtmilieu, die Schlagzeilen machten. So wurden im Jahr 1981 gleich zwei Kölner Kinder entführt, darunter die achtjährige Nina von Gallwitz. 149 Tage befand sie sich in der Hand ihrer Kidnapper, es war die bis dato längste Entführung der BRD-Geschichte. Während ihr Fall unaufgeklärt blieb, war es 1986 ein Wecker, der die Ermittler auf die richtige Spur brachte: Hinter dem Anschlag auf das Lufthansa-Hochhaus an der Deutzer Brücke steckte die Terrorgruppe Revolutionäre Zellen. Und manchmal arbeiteten sie sogar zusammen, die »Guten« und die »Bösen«. Man denke nur an die Sache mit Kardinal Meisners Lieblingskreuz ...

Dieses Buch versammelt bekannte und weniger bekannte Kriminalfälle nach 1945. Es beleuchtet die Taten und ihre gesellschaftlichen Hintergründe. Das kriminelle Köln – die andere Seite der Stadtgeschichte.

WEST-DEUTSCHLANDS LETZTE TODESSTRAFE

... DIE EINEN TAG SPÄTER ABGESCHAFFT WURDE

7. MAI 1949

Ihre Masche war immer die gleiche. Zunächst fuhr sie mit dem Zug in eine größere Stadt. Dort streifte sie durch Einkaufszonen, Parks und Gaststätten, immer auf der Suche nach älteren, alleinstehenden Frauen. Gern klagte sie zunächst ihr eigenes Leid, um sich das Mitgefühl ihrer Opfer zu erschleichen. Dreizehn Stunden habe sie auf dem Trittbrett des Zugabteils verbracht, behauptete sie in mindestens einem Fall. Um dann fortzufahren, sie sei fremd in der Stadt und könne ein paar Ratschläge gebrauchen. Geschätzt 40 Mal ist Irmgard Swinka so vorgegangen. Mindestens fünf Frauen brachte sie um.

Die Frauen schöpften Vertrauen, man tauschte sich über die harten Zeiten aus. Kurz nach dem Krieg mangelte es an allem – an Heizmaterial, Nahrungsmitteln, auch an Medikamenten –, in der Not war man sich einig. Früher oder später lenkte Swinka das Gespräch dann auf jene wahlweise stärkenden oder schmerzstillenden Mittel, über die sie angeblich verfügte. Ihr Vater sei Apotheker, sie selbst habe lange Jahre als Krankenschwester gearbeitet, behauptete sie wahrheitswidrig. In der Hoffnung auf Linderung der eigenen Gebrechen nahmen die Frauen Irmgard Swinka mit nach Hause. Was ihnen schließlich verabreicht wurde, waren allerdings keine herkömmlichen Schmerztabletten – sondern ein Mix aus starken Schlafmitteln und Morphium.

Weigerten sich die Frauen, die Lösung ganz auszutrinken, redete Swinka ihnen beharrlich zu. Durch den Zusatz von Zucker oder lang entbehrtem Bohnenkaffee machte sie sich die Frauen gefügig. In manchen Fällen bot sie den Opfern auch präparierte Zigaretten an. So oder so: Sobald sie das Bewusstsein verloren, kamen Swinkas wechselnde Komplizen ins Spiel. Sie öffnete ihnen die Wohnungstür, und gemeinsam raubten sie die Wohnung bis in den letzten Winkel aus. Geld, Schmuck, Lebensmittelkarten und zuweilen auch »ganz wertlose Dinge« wanderten in die Taschen der Diebe. Anschließend wurde die Beute dann auf den Nachkriegs-Schwarzmärkten verhökert. Die Kettenraucherin Swinka hatte es bei diesen Tauschgeschäften vor allem auf Zigaretten der Marke Chesterfield abgesehen.

Im späteren Prozess ging die Staatsanwaltschaft von mehreren Dutzend Raubzügen in der Zeit von Juli 1947 bis Juli 1948 aus. Nicht jede einsame Witwe fiel auf Swinka herein. Hatte sie sich jedoch einmal Zutritt verschafft, waren die Folgen schwerwiegend. Ihren Giftvorrat soll sie 1947 einem ehemaligen SS-Sanitäter gestohlen haben, der in einem Flüchtlingslager arbeitete. Irmgard Swinka dosierte großzügig, selbst wer überlebte, trug zumeist schwere gesundheitliche Schäden davon.

EINE STRICKWESTE UND EIN PAAR WOLLKNÄUEL

Ihr letztes Todesopfer sollte im Juni 1948 die Kölnerin Helene Schmitz werden. Die Strickerin, wohnhaft an der Kalk-Mülheimer Straße, war nach der Einnahme des toxischen Cocktails nicht mehr aufgewacht. Sie starb für eine Strickweste, ein paar Wollknäuel und Lebensmittelkarten – mehr hatte die Mörderin nicht vorgefunden.

Der hinzugerufene Arzt hat den Totenschein bereits ausgefüllt und als Ursache einen »Schlaganfall« notiert, als der zuständige Kommissar Erwin Kühn mit den Nachbarn ins Gespräch kommt. Eine »elegant gekleidete fremde Dame« habe die Frau Schmitz kurz vor ihrem Tod besucht, erzählen sie. Der erfahrene Ermittler wird misstrauisch und sieht sich die Leiche noch einmal an. Als er die kleinen Bläschen an den Füßen der Toten entdeckt, ist ihm klar: Die 63-Jährige ist nicht eines natürlichen Todes gestorben, sondern an einer Schlafmittelüberdosis.

Überregionale Ermittlungen werden eingeleitet, die schon bald zum Erfolg führen. Denn Irmgard Swinka hat kurz vor dem Giftanschlag auf die Kölner Strickerin einen entscheidenden Fehler begangen. Sie forderte ihr vorletztes Opfer Minna S. auf, einen Abschiedsbrief zu verfassen. Angeblich nur zum Spaß sollte sie schreiben: »Ich habe das Leben satt. Lasst es Euch gutgehen. Mir geht es gut. Minna S.« Kurz darauf kollabierte die Frau. Swinka schleifte sie zum Bett, legte den Abschiedsbrief neben sie und plünderte anschließend die Wohnung. Aber ihr Giftbecher war dieses Mal nicht toxisch genug. Minna S. erwachte und wurde gerettet. Ihre Personenbeschreibung deckte sich mit Aussagen von Zeugen in Köln-Mülheim.

Ermittler durchforsten die Archive und stoßen auf ein Foto der aktenkundigen Irmgard Swinka, geborene Kuschinski. Zeitungen veröffentlichen die Aufnahme. Am 13. Juli 1948, drei Wochen nach dem Mord an Helene Schmitz, erkennt eine Frau im Zug von Dortmund nach Unna das Gesicht der Mörderin. In Unna angekommen, verständigt sie die Bahnpolizei. Irmgard Swinka, damals 36 Jahre alt, wird in einer Gaststätte festgenommen. Ihren Komplizen Ernst Himpel (42) schnappt man in der Nachbarschaft, wo er vermutlich neue Einbruchsobjekte auskundschaftete.

Abgehetzt, bleich und hohlwangig habe sie gewirkt, heißt es in den zeitgenössischen Presseberichten. Ihre »zittrigen, nikotingelben Finger« hätten nervös im Fell ihres Schoßhundes »Texas« gewühlt. In ihren Taschen finden die Beamten gefälschte Papiere, ausgestellt auf verschiedene Namen. Swinka und Himpel werden ins Polizeigefängnis nach Köln überführt. Um zu verhindern, dass sie sich das Leben nehmen, unterliegen sie dort ständiger Bewachung. Weil sie ihre letzte Tat in Köln verübt haben, soll dort auch der Strafprozess stattfinden.

»EIN FEIGER SCHAKAL, DER SICH IM DUNKELN ANSCHLICH«

Der Fall hatte hohe Wellen geschlagen. Die Kommentare in der Presse spiegeln das Entsetzen der Zeitgenossen, aber auch die Klischees und Vorurteile der Zeit. Die Giftmordserie der Irmgard Swinka galt als einzigartig in der deutschen Kriminalgeschichte, Swinka selbst als eiskalter Todesengel. »Diese Frau war keine wilde Wölfin, die Beute riss, sondern ein feiger Schakal, der sich im Dunkeln anschlich«, schrieb die *Neue Illustrierte* im Mai 1949 während des Prozesses. Der *Stern* veröffentlichte Fotos der Tatorte, die er mit reißerischen Unterschriften versah: »Hier war die Mörderin hereingekommen, den Tod im Koffer, (...) hinter diesem Bett kauerte sie, als eine ahnungslose Besucherin die Vergiftete scheinbar schlafend fand.« Ganz nach dem alten Grundsatz »Illustrierte gelesen – dabei gewesen« werden Schaulust und Sensationsgier der Leser angeregt. »Während das Opfer in langsamem Todeskampf dahinsiechte«, habe die Giftmischerin »zusammengerafft, was sie schnell ergreifen konnte.« Suggestiv auch die Beschreibung eines Prozessfotos der Angeklagten: »Das ist die Giftmörderin Swinka. Ein unsympathisches, grobes Gesicht, verkniffene

Irmgard Swinka 1949 vor Gericht in Köln

Polizeidienst 1949: Leitstelle im Präsidium Kattenbug

Augen, einen Zug um den Mund, der zur Vorsicht mahnt. Sie soll ›so vertrauenserweckend‹ gewesen sein.«

Um die Angeklagte vollends zu verteufeln, wird sie in eine vermeintliche »Tradition« weiblicher Giftmischerinnen gestellt. Neben sadistischen Tendenzen unterstellt man ihr dabei auch eine sexuelle Motivation. Da sei ein »unheimliches Verlangen, andere leiden oder sterben zu sehen« mit im Spiel gewesen, weiß der *Stern*. »Wie es den Giftmischerinnen von jeher eigen war«, sei auch Irmgard Swinka geleitet gewesen von jenem »lüsternen Gefühl gemein versteckter Macht«.

So niederträchtig ihre Taten auch waren, handelte es sich bei Irmgard Swinka jedoch keineswegs um eine moderne Hexe. Sondern um eine konventionelle Verbrecherin, abgestumpft von bedrückenden Lebensumständen, die ihre Opfer ohne Empathie oder Mitleid ermordete. »Sie hatte etwas Bestrickendes, dem sich niemand entziehen konnte«, sagte einer ihrer Ex-Gatten während des Prozesses. Ihre Anwältin Elsbeth von Ameln hingegen beschrieb sie als »skrupellos, faul, eine arbeitsscheue Lügnerin«. Vermutlich trafen beide Aussagen zu.

Geboren wurde Irmgard Kuschinski, spätere Swinka, am 24. Mai 1912 in Berlin. Sie hatte Probleme in der Schule, ihr Vater war ein »prügelnder Alkoholiker«, wie der ehemalige Kölner Richter Norbert Klein für sein Buch *Mörder, Stadtrat und FC* herausfand. Swinka erlernte keinen Beruf, arbeitete aber wohl hin und wieder als Serviererin in der Gastronomie. Zwei Ehen scheiterten, ihr dritter Mann war zum Zeitpunkt der Hochzeit bereits verheiratet. Er wurde dann wegen Bigamie gesucht. Swinka kam schon früh mit dem Gesetz in Konflikt. Sie saß wegen Unterschlagung, Betrug und Diebstahl im Gefängnis, plünderte Betrunkene aus, und »bei Bedarf zeigte sie sich auch lesbisch«. Unter anderem ist ein Gefängnisaufenthalt in der Strafanstalt Leipzig-Kleinmeusdorf wegen »Rückfalldiebstahls« aktenkundig. Drei Jahre verbrachte sie dort, mit 29 Jahren kam sie 1941 wieder frei. Aber nicht für lange.

Aus dem Kölner Klingelpütz ist Irmgard Swinka zunächst für sechs Nächte ins Bonner Gerichtsgefängnis überführt worden. Dort verpackt sie Druckknöpfe und liest erbauliche Literatur des völkischen Autors Friedrich Lienhard (1865–1929). Sie trägt einen Rosenkranz in der Tasche und beantragt, zur Beichte zu gehen. Der haftbedingte Nikotinentzug löst ein permanentes Hungergefühl in ihr aus. Gewöhnt an 40 Zigaretten pro Tag, verschlingt sie stattdessen das Anstaltsessen wie ein hungriger Wolf. Das »Weibs-Skelett« habe in der Untersuchungshaft 30 Pfund zugenommen, wird der *Spiegel* zum Prozessauftakt schreiben.

Ihren drei Zellengenossinnen macht sie unterdessen, im wahrsten Sinne des Wortes, die Hölle heiß. Überaus nervös habe sie gewirkt, ständig strich sie sich die glatt angelegten Haare aus dem Gesicht, berichten diese später. Irgendwann beginnt sie zu schreien: »Ich habe mich dem Satan verschrieben!« Der »Herrscher des Bösen« sei ein »Knochenmann mit langen, klappernden Beinen und einem wackeligen Kopf«. Auch eine Anstaltsbeamtin, die das als »Unfug« bezeichnet, bedroht Swinka mit ihren angeblichen Höllenkontakten: »Ich sage dem Satan nur ein Wort, dann wird er auch Ihnen erscheinen, und Sie werden nicht mehr zweifeln!«

Zurück in Köln, scheint sie sich jedoch wieder beruhigt zu haben. Dem Chef der Kölner Mordkommission präsentiert sie sich mit ihrem Hündchen auf dem Arm. Und der gibt sich jovial, wie man in Köln so ist: »Na, Frau Swinka, hat Ihr Hund die Reise gut überstanden?«, fragt er und bietet ihr eine Zigarette an. »Sie waren doch sicher schon mal in Köln …«

Am 21. April 1949 beginnt am Kölner Landgericht am Appellhofplatz der Prozess. Geladen sind 40 Sachverständige und mehr als 200 Zeugen. Irmgard Swinka ist des heimtückischen Mordes in fünf Fällen angeklagt, ihr droht die Todesstrafe. Im Vorfeld ist es allerdings zu einigen Merkwürdigkeiten gekommen. Der Mageninhalt eines Giftopfers ist auf dem Weg zwischen zwei ge-

Am Appellhofplatz hatte bis März 1981 das Landgericht seinen Sitz.

richtsmedizinischen Instituten spurlos verschwunden. Das Glas mit den Giftresten eines Tatorts hat ein übereifriger Beamter ausgespült. Ebenfalls versehentlich hat ein Labormitarbeiter Herz und Leber eines exhumierten Opfers verbrannt. Auch zu Prozessbeginn beobachtet der *Spiegel* seltsame Details. So habe Swinka an den ersten beiden Verhandlungstagen einen goldenen Verlobungsring getragen, der »vom dritten Tag an als Ehering an der Rechten« gesichtet wird. Jedoch sei im »Klingelpütz von einer neuen (vierten) Hochzeit nichts bekannt« geworden.

Sehr früh im Prozess geht es um Swinkas vermeintliche Besessenheit vom Teufel. Der über die Berliner Luftbrücke eingeflogene Direktor des gerichtsärztlichen Instituts der Universität Berlin, Prof. Victor Müller-Heß, weist das jedoch zurück. Swinkas Satanismus sei nur vorgetäuscht, um als unzurechnungsfähig eingestuft zu werden und glimpflicher davonzukommen. Auch ihren Antrag, unter Hypnose befragt zu werden, lehnt er ab. »Meine Erfahrung ist, dass im Zustand der Hypnose genauso gelogen wird wie in wachem«, sagt der anerkannte Experte.

»ICH WOLLTE NUR STEHLEN«

Weil Deutschland noch immer in vier Besatzungszonen aufgeteilt ist, verzögert sich die Übermittlung von Akten und Auskünften. Während Richter van Look aufs Gaspedal drückt, drosseln Staatsanwaltschaft und Verteidigung das Tempo. Ankläger Düntzer, so der *Spiegel*, macht »aus der mit ehrgeizigem Fleiß zusammengestellten 150-Seiten-Anklageschrift ein Stück Lebensarbeit«. Mit eigenwilligen Methoden versucht er Swinka zu Geständnissen zu bewegen: »Mich brauchen Sie doch nicht zu belügen, Frau Swinka, damals haben Sie mir den Fall doch ganz anders geschildert.«

Auch Verteidigerin von Ameln zieht den Prozessverlauf in die Länge. Jeden Morgen erscheine sie »frisch von Frisur, aber ohne Nagellack, Rouge und Lippenrot«. Und offenbar auch ohne Zeitnot. Immer wieder hake sie bei den Vernehmungen nach – »langsam, betont und mit viel Pathos«. Um dann auf ihre immer gleichen Fragen immer gleiche Antworten zu erhalten: »Ich habe mir nichts dabei gedacht«, reagiert die Angeklagte zumeist. »Ich wollte nur stehlen.«

Allen Verzögerungen zum Trotz kommt es am 7. Mai 1949 zur Urteilsverkündung. Sie fällt so aus, wie es der gestrenge *Stern* bereits im Vorfeld prognostiziert hatte: Irmgard Swinka sei ein »Symptom unserer aus den Fugen geratenen Zeit«, hatte man dort geraunt. Deshalb bedürfe es einer »starken Justiz«, die Swinkas Taten »mit der gleichen Strenge ahndet, mit der schon in alten Zeiten die Giftmörder bestraft wurden«. Was damit gemeint war, lag auf der Hand: Über Irmgard Swinka sollte die Todesstrafe verhängt werden.

Und so kommt es dann auch. Das Gericht verurteilt die damals 37-Jährige wegen vierfachen Mordes, Totschlags sowie zehnmaligen Mordversuchs zum Tode. In der 257-seitigen Urteilsbegründung heißt es unter anderem: »Die Angeklagte hat in allen Fällen heimtückisch gehandelt. Sie hat die Arglosigkeit und das Vertrauen der Opfer ausgenutzt, um sie zu der Einnahme der todbringenden Lösung zu veranlassen.«

Auf dem letzten Foto im Gerichtssaal wirkt die Angeklagte gefasst, beinahe trotzig blickt sie in die Kamera. Vielleicht ahnt sie in dem Moment, was am folgenden Tag geschehen sollte: Der Parlamentarische Rat, Vorläufer des Bundestags, lehnt die Aufnahme der Todesstrafe in das Grundgesetz ab. Irmgard Swinka war offenbar eher mit Glücksgöttin Fortuna als mit dem Satan verbandelt. Sie springt dem Tod in letzter Minute von der Schippe. Ihre Strafe wird in »lebenslänglich Zuchthaus« umgewandelt. Der letzte in Westdeutschland zum Tode verurteilte Mensch überlebt in der Justizvollzugsanstalt Willich am Niederrhein.

60 MARK PRO KOPF

Wäre es beim ursprünglichen Urteil geblieben, hätte auf Irmgard Swinka der Tod durch das Beil gewartet. Nach der Eingliederung des Rheinlands in das Staatsgebiet der französischen Republik

Der 1969 abgerissene Klingelpütz von oben

1797 war der Code Civil eingeführt worden. Dieser sah auch für die Todesstrafe »Egalité« vor: Statt unterschiedlicher Tötungsmethoden drohte Schwerverbrechern ausnahmslos die Guillotine. Auch im Strafgesetzbuch des Deutschen Reiches, das am 1. Januar 1872 in Kraft trat, stand auf Mord Enthauptung. In der Debatte zur Weimarer Verfassung 1919 forderten dann SPD und USPD die Abschaffung der Todesstrafe – erfolglos. Und mit der Machtübernahme der Nazis endeten solche Diskussionen gänzlich. Zwischen 1933 und 1945 wurden insgesamt 16.560 Todesurteile gefällt und davon etwa 12.000 vollstreckt. Auch nach dem Krieg blieb die Todesstrafe Teil des Strafgesetzbuches. Mit Friedrich Hehr (1879–1952) beließ man sogar denselben Scharfrichter im Amt. Der Hannoveraner tötete zwischen 1925 und 1949 Hunderte von Delinquenten per Handbeil und Guillotine. Für jede Hinrichtung erhielt er 60 Deutsche Mark – zusätzlich zu seinem Gehalt.

In den Besatzungszonen der Westalliierten kam eine Guillotine bereits am 15. Dezember 1945 erstmals wieder zum Einsatz. Weil das Kölner Fallbeil im Krieg zerstört worden war, fanden alle westdeutschen Hinrichtungen in Dortmund statt. 130 Todesurteile wurden zwischen 1946 und 1949 in Berlin und den Westzonen ausgesprochen, nur jeder fünfte Verurteilte jedoch kam auch wirklich aufs Schafott. Bei einer Umfrage im Februar 1949 befürworteten 77 Prozent der deutschen Bevölkerung die Todesstrafe. Im Parlamentarischen Rat waren die Meinungen geteilt: CDU und CSU, das Zentrum und die meisten Freidemokraten sprachen sich für die Beibehaltung aus, SPD und KPD dagegen. Immer wieder wurde während der Debatte der Fall Swinka zitiert, um die jeweiligen Argumente zu unterfüttern. Der Jurist und CDU-Abgeordnete Paul de Chapeaurouge hielt die Todesstrafe angesichts der Taten Swinkas für unentbehrlich. Der SPD-Mann Friedrich Wilhelm Wagner hingegen erklärte, Swinka habe ihre Morde im Wissen um die Todesstrafe verübt und diese habe mithin keine abschreckende Wirkung.

Die Abstimmung am 8. Mai 1949 fiel deutlich aus: 65 Abgeordnete stimmten für die Abschaffung, nur 30 dagegen. Die Dortmunder

Guillotine wurde im Folgejahr abgebaut und – gemäß der Order des Justizministeriums – gründlich zerstört. In Umfragen waren die Todesstrafengegner erst Ende der 1960er Jahre erstmals in der Mehrheit – ein Kräfteverhältnis, das in Krisenzeiten immer wieder wackelt. In der DDR wiederum wurde die Todesstrafe erst 1987 abgeschafft. Bis 1981 wurden dort mutmaßlich 164 Urteile vollstreckt, die meisten durch einen Schuss in den Hinterkopf.

DAS IRMCHEN

Die Todeskandidaten der unmittelbaren Nachkriegszeit in Nordrhein-Westfalen blieben sämtlich noch lange in Haft. Die meisten von ihnen begnadigte erst Ministerpräsident Heinz Kühn (SPD) Anfang der 1970er Jahre. Nicht jedoch Irmgard Swinka. In ihrem Fall schien man das »lebenslänglich« wörtlich zu nehmen. Aus der Haft heraus hatte sie immer wieder Gnadengesuche gestellt. Aus Hafturlauben war sie zuverlässig und unbescholten zurückgekehrt. Aber noch 1983 wies man einen Antrag der inzwischen 71-Jährigen mit der Begründung ab, es bestünden »nicht nur theoretische Zweifel« an ihrer Bekehrung. So verbrachte sie insgesamt 38 Jahre in ihrer Zelle, die sie zeitweise mit den Wellensittichen »Bubi« und »Mekki« teilte. Erst Kühns Nachfolger Johannes Rau entließ Irmgard Swinka 1986 in die Freiheit. Die letzte zum Tode Verurteilte Deutsche wechselte in ein Altenheim in der Nähe von Aachen. Dort lebte sie noch zwei weitere Jahre, bevor sie im Oktober 1988 an Herzversagen starb. Ihren Mitbewohnerinnen war sie unter dem falschen Nachnamen »Moser« vorgestellt worden. Im Heim jedoch nannten sie alle nur »das Irmchen«.

»LAUF, LIEBCHEN, LAUF!«

DAS SCHULMASSAKER VON VOLKHOVEN

11. JUNI 1964

Mitte der 1960er Jahre platzte die Volkhovener Volksschule aus allen Nähten. Mit dem benachbarten Heimersdorf war ein neuer Stadtteil entstanden, in dem viele Kinder heranwuchsen. Weil an der dortigen Schule noch gebaut wurde, schickten die Eltern ihren Nachwuchs nach Volkhoven. 380 Mädchen und Jungen zählte die Schule im Frühjahr 1964. Es fehlte an Lehrpersonal und Räumen. Um der Lage Herr zu werden, wurde in zwei Schichten unterrichtet. Und hinter dem alten Backsteinbau von 1905 hatte man mehrere Holzbaracken mit zusätzlichen Klassenräumen errichtet. Am 11. Juni 1964 sollten sie zum Schauplatz des schrecklichsten Verbrechens der Kölner Nachkriegsgeschichte werden.

»VERSCHROBENES VERHALTEN« UND »STÄNDIGES, INADÄQUATES LÄCHELN«

Schon der frühe Morgen versprach einen heißen Sommertag. Die Fenster der Klassenzimmer standen zum Teil offen, um frische Luft hereinzulassen. Weil die Volksschule über keine Turnhalle verfügte, fand der Sportunterricht auf dem Schulhof statt. An der Straße vor dem Schulgebäude standen drei 13-jährige Schülerlotsen. Sie sollten die Neuankömmlinge sicher über den Volkhovener Weg leiten und später in der großen Pause den Kakao austeilen. Gegen 9 Uhr bemerkten sie, wie sich ein Mann in blauem Overall der Schule näherte. Ein Handwerker, vermuteten sie, trug der Mann doch einige werkzeugartige Utensilien bei sich. In einer Scheune gegenüber der Schule deponierte er sein Fahrrad. Später fand die Polizei dort zudem seine Jacke, einen leeren Sack und eine Packung Sturmzündhölzer. Auf die Fragen der Schülerlotsen gab der Mann keine Antwort. Stumm betrat er den Schulhof, rammte einen hölzernen Keil unter das Tor und näherte sich sodann der Turngruppe.

Walter Seifert, so hieß der Mann, kannte sich aus auf dem Gelände. Er hatte die Volkhovener Volksschule einst selbst besucht und wohnte noch immer nur ein paar Hundert Meter entfernt. 1921 geboren, soll er ein guter Schüler gewesen sein. Auch die Lehre als Metallhobler in einer Kölner Maschinenfabrik absolvierte er mit Erfolg. 1941 zog ihn dann die Wehrmacht ein, und nach dem Krieg geriet er kurz in Gefangenschaft. Noch immer jedoch schien sein Leben einen für seine Zeit »normalen« Verlauf zu nehmen. Erst recht, als Seifert im November 1945 bei der Polizei anfing. Im Herbst des Folgejahres jedoch änderte sich alles. Wegen einer Lungenkrankheit war er als »dienstunfähig« entlassen worden. Er schob das auf die Tuberkulose, die er sich seiner Ansicht nach in der Kriegsgefangenschaft zugezogen hatte. Ein Amtsarzt der Stadt Köln sah da keinen Zusammenhang und bescheinigte ihm 1953 lediglich eine Erwerbsminderung von 30 Prozent. Dementsprechend klein fielen Seiferts Bezüge aus.

In der Folge startete er eine jahrelange Kampagne gegen Ärzteschaft und Bürokratie. Mit immer neuen Eingaben, eine wirrer und wütender als die andere, protestierte er gegen das angeblich erlittene Unrecht. Als er 1959 ein umfangreiches Pamphlet mit dem Titel *Sozialpolitik–Sozialärzte–Sozialmord* vom Stapel ließ, wurde eine psychiatrische Untersuchung angeordnet. Seiferts »verschrobenes Verhalten«, sein »ständiges, inadäquates Lächeln« und das »eigentümliche fanatische Gehabe« fielen ebenso auf wie seine kruden Wortäußerungen. Die Ärzte attestierten ihm einen »schizophrenen Defektzustand bzw. paranoide Entwicklung«. Eine Gefahr für die Allgemeinheit gehe von dem Mann jedoch nicht aus, befanden sie.

Seiferts psychischer Zustand sollte sich nach seiner Heirat 1955 kurzzeitig stabilisieren. Das Hochzeitsfoto zeigt einen kräftigen Mittdreißiger mit scharfer Nase und einem für den freudigen Anlass recht harten Lächeln. Aber Seifert blieb nicht lange stabil, und auch seine Ehe endete tragisch. Am 11. Februar 1961 erlag seine Frau nach einer Frühgeburt einer Embolie. Auch das Kind starb.

Die folgenden drei Jahre lebte Walter Seifert zusammen mit seinem sechs Jahre jüngeren Bruder Gerhard wieder bei seiner Mutter im Volkhovener Einfamilienhaus. Nachbarn sahen in ihm einen »Sonderling«, manchen galt er als »verrückt«. Hervorgehoben wurden jedoch seine Hilfsbereitschaft und seine Kinderliebe.

Am Tag vor dem Attentat hatte sich Walter Seifert über Bauarbeiter vor seinem Haus geärgert. Bei den Erdarbeiten dort sei geschlampt worden. Außerdem soll er einem Schulkind gesteckt haben, dass es morgen besser zu Hause bliebe. Hedwig Andreae (geb. Kröger, damals 8 Jahre alt) erinnert sich an einen blonden Jungen, dem Seifert geraten habe, »morgen nicht zur Schule« zu gehen. Da werde »etwas ganz Schreckliches« geschehen. Den Abend des 10. Juni jedoch verbrachte Walter Seifert völlig unauffällig – vor dem Fernseher. Alles war »ganz normal, wie immer«, sagte sein Bruder später aus. Jemand hatte frische Rosen am Grab von Seiferts Frau abgelegt.

Das Hauptgebäude der Volkhovener Volksschule

Das Schloss der Schulpforte war defekt, aber seinerzeit riegelte man Schulhöfe ohnehin noch nicht ab. Walter Seifert trug auf dem Rücken eine Pflanzenspritze. Das an die Sauerstoffflasche eines Tauchers erinnernde Gefäß hatte er zu einem Flammenwerfer umgebaut. Ebenfalls selbst gefertigt war die 1,50 Meter lange Lanze, auf die er einen scharfen Dreikantschaber als Spitze gesetzt hatte. Neben Sturmstreichhölzern führte er zudem ein an einem Stahlseil befestigtes Schlagwerkzeug mit sich. Den Holzkeil unter der Pforte hatte er an der Unterseite mit Nägeln bestückt, die als Widerhaken dienen sollten.

Die frühe Turnstunde wurde von der 67-jährigen Anna Langohr geleitet, die eigentlich zwei Tage zuvor hatte pensioniert werden sollen. Ihre Mädchen der dritten und vierten Klasse waren gerade dabei, die Holzelemente des Sprungkastens übereinanderzustapeln. »Hilf doch mal, Walter!«, sprach sie den Mann an, den sie nur allzu gut kannte. Schließlich war sie es gewesen, die ihm einst Lesen und Schreiben beigebracht hatte. Im nächsten Moment jedoch sah sie seine »grässliche Fratze, ganz verzerrt sah der Mann aus«. Und da »kam mir eine Erleuchtung«.

Seifert hatte seinen Flammenwerfer entzündet. »Lauf, Liebchen, lauf!«, rief Lehrerin Langohr der ihr am nächsten stehenden Schülerin zu. Auch die anderen Kinder forderte sie auf, zu fliehen, während sie selbst stehen blieb. Aus sechs Metern Entfernung richtete Seifert den Feuerstrahl auf sie. Ihre Kleidung geriet in Brand, Anna Langohr krümmte sich in ein Gebüsch. Danach hielt der Täter auf die ersten Kinder.

In den Klassenzimmern hörte man das Geschrei von draußen. »Wir dachten, das sei Indianergebrüll, weil die Mädchen so komische bunte Federn im Haar hatten. Die Federn aber waren Flammen«, erinnert sich Micaela Kommer, damals zehn Jahre alt. Währenddessen erreichte Seifert den ersten Klassenraum in einer der Baracken. Durch das geöffnete Fenster zielte er aus nächster Nähe auf die Kinder. Sie habe ihr Gesicht instinktiv geschützt, erzählt die damals zwölfjährige Hella Rauch, »weil die Luft so heiß war«. Als sie sich wegdrehte, traf ein weiterer Feuerstrahl ihren Rücken. »Ich war davon überzeugt, dass ich das nur träume. Dann rief ich dreimal Mama, doch nichts geschah.«

Wie brennende Fackeln flüchteten die Kinder nach draußen. Ihre Schulkameradin Dorothea Binner habe sie nicht mehr erkannt, sagt Hella Rauch. »Wer bist du?«, habe sie gefragt. Der neunjährige Bruno Kassel stolperte und fiel dem Attentäter direkt vor die Füße. Seifert feuerte den Strahl gezielt auf den Rücken seines Opfers, bevor er sich dem zweiten Klassenraum zuwandte. Dort hielt die 24-jährige Lehrerin Wiltraud Schweden gerade eine Bibelstunde ab. Der Text von »Wem Gott will rechte Gunst erweisen« habe an der Tafel gestanden, erinnert sich Andreas Zappe, der damals zehn war. Auch hier hielt Seifert auf die sich am Boden wälzenden Kinder, bis der Flammenwerfer schließlich entleert war.

Der Attentäter entledigte sich des tödlichen Geräts. Dann trank er aus einem kleinen braunen Fläschchen aus seiner Tasche, das er ebenfalls auf dem Schulhof zurückließ. Fertig war er noch längst nicht mit seinem Mordplan. Sein nächstes Opfer wurde die 62-jährige Lehrerin Gertrud Bollenrath, die dabei war, die Kleidung brennender Kinder zu löschen. Als sie sich ihm in den Weg stellte, durchbohrte er sie mit seiner improvisierten Lanze. Anschließend lief er zu einem Pavillon an der linken hinteren Ecke des Schulgeländes. Die Lehrerinnen Ursula Kuhr und Gerlinde Kunz versuchten, von innen die Tür zuzuhalten. Aber Seifert war stärker und riss einen der beiden Flügel auf. Ursula Kuhr stürzte durch den Ruck nach draußen, wo Seifert ihr zwei Stiche in den Oberschenkel versetzte. Es gelang ihr, noch einmal auf die Beine zu kommen. Aber ein dritter Stoß in den Rücken der 24-Jährigen war tödlich.

»WARUM DIE KINDER?«

»Warum hat der Onkel das gemacht?«, habe ihn eines der Kinder gefragt, als er auf dem Schulhof eintraf. Pastor Heinrich Hülser hatte Seifert sechs Wochen vor seiner Wahnsinnstat kennengelernt. Der ehemalige Soldat habe ihm vom Krieg erzählt und dass er als Pionier gelernt habe, mit Dynamit umzugehen, Menschen aufzuspüren und zu vernichten. Der Attentäter sei »sozusagen staatlich instruiert« gewesen – er hatte gelernt zu morden.

Noch während Seifert auf dem Gelände umherlief, war es Mitarbeitern der städtischen Müllabfuhr gelungen, das Schultor aufzubrechen. Mithilfe von Decken und Kleidungsstücken löschten sie die weiterhin brennenden Kinder und hielten Autos an, um sie in die umliegenden Krankenhäuser zu bringen. Walter Seifert kletterte unterdessen über den Zaun am rückwärtigen Teil des Schulgeländes. Mit der Lanze in der Hand floh er über ein Feld in Richtung Bahndamm. Etwa 20 Minuten hatte sein Massaker gedauert. Die sterbende Gertrud Bollenrath informierte einige herbeigeeilte Helfer über seinen Fluchtweg. Zwei Dutzend Männer nahmen die Verfolgung auf. Rund 100 Meter trieben sie ihn vor sich her und versuchten ihn mit Steinwürfen zu stoppen. Inzwischen war auch die erste Streife der Polizei am Tatort eingetroffen.

»Amokläufer in Köln-Volkhoven, Volkhovener Weg in Höhe der Schule – mit Flammenwerfer!«, hatte die erste Meldung gelautet, die gegen 9.30 Uhr auf der Wache Köln-Nord einging. Zu Fuß machten sich die Beamten auf den Weg von der Schule über die Felder. Zwei Warnschüsse konnten Seifert nicht von der weiteren Flucht abhalten, aber am Bahndamm hatte man ihn schließlich eingeholt. Auch jetzt weigerte er sich zu kapitulieren. Als ein Polizist auf ihn zuging, bedrohte er ihn mit seiner Lanze. Der Beamte strauchelte, sah sich und seinen Kollegen bedroht und zog seine Waffe. Liegend traf er den Täter in den Oberschenkel, Walter Seifert brach zusammen.

Der Polizist Christian Rolshoven war derweil mit der Sicherung des Tatorts befasst. Auf dem Schulhof entdeckte er das von Seifert zurückgelassene Fläschchen. »Man hat als Schutzmann gelernt, man muss auch auf sowas achten«, sagt er Jahre später im Interview. Ein versierter Kollege von ihm erkannte am Geruch, womit das Glas befüllt war: mit dem tödlichen Pflanzenschutzmittel E 605. Sofort machte Rolshoven Meldung an den Rettungswagen: Dem Täter müsse bei Ankunft in der Universitätsklinik sofort der Magen ausgepumpt werden.

Noch während man auf Seiferts Abtransport wartet, beginnt das erste von letztlich zwei Verhören. »Warum die Kinder?«, wird der Täter gefragt. Zwei Mal bleibt er die Antwort schuldig. Beim dritten Mal entgegnet er lediglich, das sei »zu langatmig«.

»EINE VERDERBTE IDEE«

Nachdem 1961 sein eigenes Kind gestorben war, hatte Walter Seifert wieder einmal die Behörden und Ärzte dafür verantwortlich gemacht. Seine 120-seitige Streitschrift *Muttermord – Einzelschicksal und Analyse eines Systems* belegt, dass er zuvor intensiv Fachliteratur studiert hatte. Weil die Mediziner die Embolie seiner Frau falsch behandelt hätten, beschimpfte er sie als »Mörder«. Sein Schlusssatz deutete an, dass Walter Seifert noch nicht abgeschlossen hatte mit dem »Verbrechersystem« der BRD: »Wer mir den Schutz des Gesetzes verweigert, zwingt mir die Keule in die Hand.«

Logische Gedankengänge und verschwörungstheoretischer Irrsinn gehen bei Seifert Hand in Hand. Wie im Fall späterer Schulmassaker in Erfurt oder Winnenden ist es falsch, von einem »Amoklauf« zu sprechen. Denn der Täter schritt nicht in spontanem Mordwahn zur blutigen Tat, sondern hatte sein Vorgehen detailliert ausgearbeitet. Beim Verhör im Krankenzimmer erklärte Seifert, er habe »vor acht Wochen so rum« den Plan zum Sturm auf die Schule gefasst. Der Flammenwerfer sei da schon einsatzbereit gewesen, an der Lanze bastelte er noch. Als Metallhobler, Waffenunteroffizier und Wehrmachtssoldat verfügte er über die nötigen Fähigkeiten und Kenntnisse. Die Pflanzenspritze stammte aus dem elterlichen Garten, Schlauch und Verschluss hatte er hinzugekauft. Für die Brandflüssigkeit mischte Seifert verschiedene Substanzen, zu denen Motoröl, Lackverdünner und Toluol gehörten – Letzteres ein stechend riechendes, stark rußendes

Walter Seifert 1955 am Tag seiner Hochzeit

Benzol. Auch die Lanze, das Schlagwerk und der Verschlusskeil entstammten so perfider wie talentierter Heimarbeit.

Man habe ihn töten wollen, gab Seifert gegenüber dem Leiter der Kölner Mordkommission, Manfred Gundlach, zu Protokoll. Er habe weder die Kinder, die Lehrerinnen noch die Schule gekannt, behauptete er wahrheitswidrig. »Es ist vielleicht eine verderbte Idee«, gab er immerhin zu, um dann zweideutig fortzufahren: »Es ist eine böse Sache. Alles.« Gegen 20.35 Uhr starb er an seiner Vergiftung.

»IHR MÜSST ALLE STERBEN!«

Ursula Kuhr verblutete innerhalb weniger Minuten auf dem Schulhof. Ihre Kollegin Gertrud Bollenrath erlag um 13.30 Uhr im Heilig-Geist-Krankenhaus in Longerich ihren Stichverletzungen. Zwei weitere Lehrerinnen und 28 Kinder waren von den Flammen zum Teil lebensgefährlich verletzt worden.

Krankenschwester Erni Carl vom Kölner Kinderkrankenhaus saß beim Frühstück, als sie beobachtete, wie zwei Ärzte unten auf dem Parkplatz in einen VW sprangen. Eigentlich hätten sie am OP-Tisch stehen sollen. Kurz darauf kam bereits die Anweisung, eine komplette Station zu räumen. Wenn irgend möglich, sollten Kinder, die im Krankenhaus lagen, nach Hause geschickt werden, um der Katastrophe von Volkhoven Herr zu werden. Als dann die ersten Opfer eintrafen, herrschte blankes Entsetzen. In den 1960er Jahren war Kleidung aus Perlon beliebt, wie Nylon eine synthetische Faser. Peter Ohren, damals Krankenpfleger an der Amsterdamer Straße, beschrieb die Folgen: »Das Perlonzeugs verbackte mit der Haut zu einer Einheit.«

Manche Kinder hatten es noch auf dem Schulhof geschafft, sich die Kleider vom Leib zu reißen. Eltern hatten ihnen bekannte Fetzen gefunden, ohne zu wissen, wo und in welchem Zustand sich ihr Kind befand. Die Opfer seien durch die Hitze »sehr schnell angeschwollen«, berichtete Erni Carl später, manche bis auf den »doppelten Kopfumfang«. Äußerlich waren sie zum Teil so entstellt, dass ihre Identifizierung schwerfiel. Bis zu 90 Prozent der Körperfläche waren verbrannt, aber das Personal kämpfte um jedes einzelne Leben. »Wenn wenigstens ein Pfennig weißer Haut zu sehen war, haben wir gehofft, das Kind schafft es vielleicht doch«, sagte die Krankenschwester im Nachhinein. Auch Andreas Zappe gehörte zu den Opfern: »An den Rändern der Brandverletzungen bildete sich ›wildes Fleisch‹«, erzählte er im WDR-Film *Der Amoklauf von Volkhoven* (2014). Das Fleisch musste regelmäßig »weggeätzt« werden, und das tat jedes Mal »höllisch weh«. Weil die Schmerzen so stark waren, mussten viele Kinder während der Behandlungen fixiert werden. Walter Englert arbeitete 1964 als Oberarzt in der chirurgischen Abteilung des Heilig-Geist-Krankenhauses. »Das war kein Notfall, das war eine Katastrophe«, sagte er. Haut und Kleidung der Kinder waren nicht mehr voneinander zu unterscheiden, der Geruch des verbrannten Fleisches durchdringend. »Wie in einer Hufschmiede«, erinnerte sich Englert.

Auch die damals achtjährige Barbara Peter war ins neu errichtete Heilig-Geist-Krankenhaus überführt worden. »Ihr müsst alle sterben!«, habe eine entsetzte Krankenschwester beim Eintritt in ihr Zimmer ausgerufen. Bald darauf sei ein Pfarrer erschienen und habe sie mit den Sterbesakramenten versehen. Barbara Peter hat 2004 ein bewegendes Buch über die Geschehnisse von damals veröffentlicht. Es heißt *Das Herz der Stadt stand still*. An die makabre Szene im Krankenzimmer erinnert sie sich mit einem Schuss Galgenhumor: Im Kommunionsunterricht habe sie damals gelernt, dass man mit der Letzten Ölung auf der sicheren Seite sei. »Dass ich allerdings nur eine halbe Hostie bekam, fand ich nicht in Ordnung.«

Weil die Krankenhäuser nicht über genügend Hautvorräte verfügten, bat man Bundeswehrsoldaten um das nötige Gewebe. Viele erklärten sich bereit zu spenden. In aufwendigen Transplantationen wurden die briefmarkengroßen Hautteile wie ein Mosaik über die Körper verteilt, um Wochen später zu einem durchgängigen Film zusammenzuwachsen. Barbara Peter überlebte, einige ihrer Mitschüler nicht. Am Morgen des vierten Tages starb mit

Zerstörter Klassenraum mit Brandspuren

11. Juni 1964

Dorothea Binner (9) das erste Kind. Tags darauf, man beerdigte die beiden Lehrerinnen, erlagen Hedwigs Schwester Klara Kröger (9) und Stephan Lischka (9) ihren Verletzungen. Ihnen folgten Renate Fühlen (9) und Rosel Röhrig (10) am 19. Juni, Ruth Hoffmann (10) und Karin Reinhold (11) am 20. Juni und Ingeborg Hahn (9) am 30. Juni.

Wochenlang schwebten die Überlebenden in Lebensgefahr, zahlreiche Operationen folgten. Auch Hella Rauch hatten die Ärzte kaum eine Chance gegeben. 80 Prozent ihrer Haut waren verbrannt, wegen des schlechten Zustands ihrer Arme hatte man ihr die Infusionen in Füße und Kopf gelegt. Im Chrom des Infusionsständers sah sie ihr Spiegelbild: »Och, ich hab ja schon 'ne rosa Nasenspitze«, sagte sie sich.

Die Krankenschwestern und Krankenpfleger arbeiteten rund um die Uhr, schoben Sonderschichten und schliefen in den Badewannen der Stationen. Wegen der Infektionsgefahr durften die Eltern ihre Kinder nur durch eine Scheibe vom Balkon aus sehen. »Für eine halbe Stunde pro Woche«, erinnert sich Hella Rauch, »meine Mutter war erst an Weihnachten zum ersten Mal an meinem Bett.« Zum Freund fürs Leben wurde den Kindern vor allem Pfleger Peter Ohren. Als Heranwachsender hatte er Schauspieler werden wollen, aber dann entdeckte er den »Helfer« in sich. Als 23-Jähriger hatte er 1963 im Kinderkrankenhaus an der Amsterdamer Straße begonnen. Um die verbrannten Kinder ein wenig aufzuheitern, verkleidete er sich als Nonne und Nikolaus, las Märchen vor oder sang Lieder zur Gitarre.

Einen Monat nach der Tat war erst eines der Opfer entlassen worden. Im August 1964 befanden sich die 19 im Krankenhaus verbliebenen Kinder sowie die Lehrerin Anna Langohr immerhin schon außer Lebensgefahr. Entlassen wurden die meisten von ihnen jedoch erst Monate später. Hella Rauch kam, als Letzte von allen, erst 16 Monate nach dem Anschlag wieder nach Hause. Wie auf ihre Leidensgenossinnen und -genossen warteten auch auf sie noch viele Jahre ärztlicher Behandlung.

Es war das erste Attentat auf eine Schule in der Geschichte der Bundesrepublik. Und es geschah in Köln, in den 1960ern verschrien als Verbrecherhauptstadt. Vor allem die Boulevardmedien starteten eine massive Kampagne, in der sie die vermeintlich ausufernde Kriminalität anprangerten. Die *Neue Illustrierte* schrieb am 13. Juni 1964: »Fast scheint es, als sei in den großen Städten ein Menschenleben nicht mehr viel wert. Mehr muss für den Schutz der Bürger geschehen! Schneller muss die Polizei am Tatort sein! Und Schulen brauchen – wie Banken – ein Alarmsystem, das von Lehrern und Kindern ausgelöst werden kann, wenn Wahnsinnige das Leben von Unschuldigen bedrohen.« Karl Kiehne, damals Leiter der Kölner Kripo, schob die Schuld hingegen auf die Psychiater und den angeblich zu laschen Umgang mit psychisch kranken Gefährdern. Der einstige NSDAP-Aktivist, Sturmbannführer der SS und Mitarbeiter im Reichssicherheitshauptamt schien sich die Nazizeit zurückzuwünschen, als er schrieb: »Ich bin auf dem Fachgebiet zwar nur ein Laie, aber ich meine in Anwendung meines gesunden Menschenverstandes: Wenn nach einem festgestellten schizophrenen Defektzustand (wie im Falle Volkhoven) Briefe geschrieben werden, in denen es von angedrohten Gewaltanwendungen, von Terror und Gegenterror nur so strotzt, dann müssten die Gesetze doch den Fachärzten die Möglichkeit geben (oder sogar die Pflicht auferlegen), etwas Vorbeugendes, Heilendes, notfalls mit Gewaltanwendung zu tun.«

Jenseits der öffentlichen Diskussion um die innere Sicherheit setzte für die Schüler von Volkhoven eine Welle der Hilfsbereitschaft ein. Der Rat der Stadt Köln beschloss einstimmig, alle Kosten der Behandlung, für kosmetische Operationen und Kuren zu übernehmen. Außerdem sollte im Falle der Erwerbsunfähigkeit eine lebenslange Rente bezahlt werden. Weltweit kamen insgesamt über eine Million Mark an Spenden zusammen, um die Opfer zu unterstützen. »Die Menschen haben sich sehr viel Mühe gegeben, uns das irgendwie erträglich zu machen«, sagt Barbara

Präsentation der Waffen von Walter Seifert, links die Pflanzenspritze

Die Gräber der Opfer auf dem Friedhof in Weiler

Peter. Sogar nach Rom wurden sie eingeladen, wo Papst Paul VI. den jungen Gästen die Hand schüttelte.

Die Wunden mochten verheilen, aber die Narben blieben – auch die psychischen. Sie hasse den Täter nicht, sagt Hella Rauch, »der hat sie nicht mehr alle gehabt, und dann war das so«. Barbara Peter berichtet in ihrem Buch von den Komplexen während der Pubertät. Erst mit 30 traute sie sich wieder mit einem ärmellosen T-Shirt auf die Straße: »Die Narben sollten nicht mehr mein Problem sein, sondern das Problem derer, die sich daran störten.« Sprach sie jemand auf die Entstellungen an, konterte sie geradeheraus: Als Kind sei mal jemand mit einem Flammenwerfer hinter ihr her gewesen. Das ließ die meisten Neugierigen verstummen.

Viele der Opfer ertragen bis heute kein Kaminfeuer, keinen Grill, nicht einmal Kerzen. Bruno Kassel, der seit dem Attentat nie wieder ein Schwimmbad besucht hat, machten vor allem die Fragen seiner Tochter zu schaffen. »Ich wollte nicht, dass sie mit Angst in die Schule geht. Sie hat natürlich meine Brandnarben gesehen und gefragt, was denn da passiert sei. Ich habe darauf immer ausweichend geantwortet. Aber mit jedem Jahr, das sie älter wurde, habe ich ein Stückchen mehr von der wahren Geschichte preisgegeben, bis ich ihr schließlich alles erzählen konnte.«

TÄTER UND OPFER

Schon wenige Wochen nach dem Anschlag traf der Rat der Stadt den Beschluss, die Volkhovener Schule zu schließen und einen Neubau zu errichten. Bald darauf wurden die von den Flammen verwüsteten Baracken abgerissen, nur das alte Schulgebäude blieb erhalten. Direkt daneben stellten die Architekten Busmann und Haberer 1979 ein Segment des geplanten Museum Ludwig als Modell auf den ehemaligen Schulhof – die heutige Simultanhalle. Die acht getöteten Kinder liegen nebeneinander auf dem Friedhof in Weiler begraben. Mehr als 2000 Menschen nahmen am 20. Juni 1964 an der Beerdigung teil, es sprachen der Kölner Kardinal Josef Frings und Oberbürgermeister Theo Burauen.

Zu einem Eklat kam es anlässlich der Beisetzung des Täters. Zwei Jahre nach dem Attentat starb Klara, die Mutter von Walter Seifert. »Diese Frau hat sich zu Tode geschämt«, sagt Pastor Hülser, ihr gesamtes Erspartes habe sie den Opfern ihres Sohnes gespendet. Ihr letzter Wunsch sei es allerdings gewesen, dass die Urne Walter Seiferts mit ihr begraben werde. Aus Mitleid fasste der Kirchenmann daraufhin den Entschluss, ihre Bitte zu erfüllen. In Anwesenheit von Seiferts Bruder Gerhard betete er ein Vaterunser. Aber das heimliche Begräbnis wurde beobachtet, Presse und Öffentlichkeit liefen Sturm: der Mörder auf demselben Friedhof wie seine Opfer? Das durfte nicht sein! Die massiven Proteste führten schließlich dazu, dass Seiferts Urne wieder ausgegraben und an einen geheimen Ort umgebettet wurde.

Die Gräber der Kinder schmückt seit Juni 1969 ein Denkmal des Kölner Bildhauers Elmar Hillebrand (1925–2016): eine Säule mit von Flammen umschlungenen Blättern. Neben dem Eingang der Kirche St. Cosmas und Damian wurde ein Gedenkfenster für die Opfer eingerichtet. Den Schulneubau am Volkhovener Weg in Heimersdorf benannte man bei der Eröffnung im April 1965 nach Ursula Kuhr. Auch der zweiten getöteten Lehrerin Gertrud Bollenrath wurde eine Schule gewidmet. Im selben Jahr 1965 wurden fünf weitere Lehrerinnen, darunter die bei dem Anschlag schwer verletzte Anna Langohr, mit der Rettungsmedaille des Landes Nordrhein-Westfalen ausgezeichnet. Sie hatten »unter Einsatz ihres Lebens versucht, eine drohende Gefahr von den ihnen anvertrauten Kindern abzuwenden«, hieß es in der Begründung. Eine der Geretteten war Micaela Kommer. Im Nachhinein fragte sie sich oft, warum sie verschont worden war, während acht ihrer Mitschüler gestorben waren. »Du musst etwas tun, was Sinn macht«, beschloss sie. Und wurde Lehrerin.

AUS DEM AMT GEDRÄNGT

DER REGIERUNGSPRÄSIDENT, DEN MAN AUF DER SCHWULENKLAPPE FESTNAHM

8. JUNI 1966

Die Notiz findet sich auf Seite 288 des *Burgboten*. Das 1966er-Jahresheft des Kölner Männergesangvereins listet dort neben Todesfällen und Neuaufnahmen auch die jüngsten Austritte auf. Einer davon: »Regierungspräsident a. D. Franz Grobben, Köln, inakt. Mitglied (wg. Wohnungswechsels)«.

Die kleine Meldung ist brisanter, als sie auf den ersten Blick aussieht. Vor allem das Kürzel »wg.« für »wegen« führt in die Irre. Denn jener Franz Grobben ist keineswegs »wegen« seines Umzugs ausgetreten – sondern wegen eines unerhörten Skandals, der ihn zum Wegzug aus Köln gezwungen hatte. Grobben, seit 1958 amtierender Regierungspräsident von Köln, war im Juni 1966 festgenommen worden. Man hatte ihn auf einer »Klappe« erwischt, einer öffentlichen Toilette, die als Homosexuellentreff diente.

Sexuelle Handlungen konnten Grobben ebenso wenig nachgewiesen werden wie irgendeine andere »Verfehlung«. Aber seine berufliche Existenz, sein bisheriges Leben waren auf einen Schlag zerstört. Er musste von seinem Amt zurücktreten, zog fort aus Köln. Und in der Folge trat er eben auch aus dem Männergesangverein aus.

Der am 17. April 1904 geborene Franz Grobben wuchs am Niederrhein auf, im heute zu Kerken gehörenden Aldekerk. Sein Vater war der Bürgermeister der kleinen Gemeinde. Für sein Jurastudium zog er 1923 nach Köln, wo er sich der Katholischen Studentenverbindung Rheinpfalz anschloss. Grobben wirkte ab 1930 zunächst drei Jahre als Gerichtsassessor in Düren und Düsseldorf, bevor er 1933 ins Kreditreferat beim Reichskommissariat für Osthilfe in Berlin wechselte. Die damals krisengeschüttelte Institution war zuständig für die agrarpolitische Förderung der östlichen Provinzen des Deutschen Reiches. Während der Nazi-Herrschaft nahm Grobbens Beamtenkarriere Fahrt auf, offenbar jedoch ohne ihn nachhaltig zu diskreditieren. Die Entnazifizierung der Alliierten überstand er schadlos. Nach einem kurzen Zwischenspiel beim Berliner Magistrat als Hauptreferent der Abteilung Ernährung kehrte er 1946 ins Rheinland zurück. Im November übernahm er das Amt des Oberkreisdirektors von Jülich, das er zwölf Jahre lang ausübte. Am 11. Dezember 1958 schließlich ernannte ihn das nordrhein-westfälische Innenministerium zum Regierungspräsidenten. Der CDU-Mann Grobben löste auf diesem Posten Walter Rieger von der FDP ab und stieg damit zum obersten Dienstherrn der Metropolregion um Aachen, Bonn, Leverkusen und Köln auf.

Der Mann vom Niederrhein galt nicht nur als ausgewiesener Verwaltungsexperte, sondern auch als dem Leben zugewandter Junggeselle. »Er ist nicht verheiratet«, betonten die Kölner Zeitungen zur Amtseinführung des 54-Jährigen. Öffentliche Auftritte schien er durchaus zu genießen, und in politischen Auseinandersetzungen zeigte er klare Kante. Auch vor großen Tieren schreckte er nicht zurück. Überregionale Schlagzeilen machte 1960 seine Auseinandersetzung mit Oberstadtdirektor Max Adenauer (1910–2004), einem Sohn des damals amtierenden Bundeskanzlers Konrad Adenauer.

Während der Möbelmesse im Februar ärgerte sich der Oberstadtdirektor maßlos über einen immer wieder um den Dom krei-

Die ›Kölnische Rundschau‹ zur Ernennung des neuen Regierungspräsidenten im Dezember 1958

Neue Regierungspräsidenten ernannt

Oberkreisdirektor Grobben (Jülich) für Köln — Oberstadtdirektor Austermann für Münster

Drahtbericht des ®-Vertreters in Düsseldorf, Paul Zugowski

Düsseldorf, 10. Dez.
›n zahlreicher Gerüchte sei
ı der Zeit gewesen, „Klar-
zu schaffen — auch für die
ffenen". So ˍagte Minister-
lent Dr. Meyers, als er am
voch vor Pressevertretern
ɜsetzungen in drei wichtigen
ɾungsämtern bekanntgab:
Beschluß des Kabinetts wur-
Staatssekretär Dr. Bellinger
leraufbauministerium) und
Regierungspräsidenten Dr.
er Rieger (Köln) und Dr.
ıard Reismann (Münster) in
Wartestand versetzt. Nach-
r von Dr. Bellinger wird
agsabgeordneter Josef Blank
mund). Oberkreisdirektor
ɛ Grobben (Jülich) wurde
Regierungspräsidenten in
und Oberstadtdirektor Hein-
Austermann (Münster) zum
ɜrungspräsidenten in Mün-
ernannt.

ı politischer Beamter, so hob
Ministerpräsident hervor,
e immer mit der Möglich-
rechnen, in den Wartestand
ɜtzt :u werden. Eine solche
etzung habe nichts mit
n Mangel an menschlicher
fachlicher Qualität zu tun.

ıf Befragen teilte Dr. Meyers
daß bei den sechs Regie-
spräsidenten nunmehr „kaum
ere Veränderungen zu er-
en" seien. Ob sich noch Ver-
ɜrungen bei anderen politi-
ɔ Stellen ergäben, sei noch
ː zu entscheiden.

Weiter gab Dr. Meyers bekannt, daß der bisherige Ministerialrat im Landesjustizministerium, Dr. Heinrich Becker, zum Landgerichtspräsidenten in Bonn berufen wurde. Zum Landgerichtspräsidenten in Aachen wurde der bisherige Amtsgerichtsdirektor Dr. Josef Mainz (Köln) ernannt, zum Landgerichtspräsidenten in Duisburg der Senatspräsident Dr. Heinrich Vygen vom Oberlandesgericht in Düsseldorf. Alle drei Stellen waren vakant.

Regierungsdirektor Haupt, Vorsteher des Finanzamtes Bonn-Stadt, übernimmt die Stelle des Direktors der Landesfinanzschule Nordkirchen.

*

Der neue Kölner Regierungspräsident stammt vom Niederrhein; er wurde am 17. April 1904 in Aldekerk (Kreis Geldern) geboren. Nach dem Besuch des Gymnasiums Thomaeum in Kempen, das er 1923 mit dem Abiturientenzeugnis verließ, studierte er bis 1926 Rechtswissenschaften an der Universität Köln, wo er Mitglied einer katholischen Korporation (KV) war. Seine Referendarausbildung absolvierte er in Düren, Aachen und Düsseldorf. Nach dem Assessorexamen (1930) war Grobben zweieinhalb Jahre bei den Gerichten in Düren und Düsseldorf beschäftigt. Vor 1933 war er zunächst in Schneidemühl, **nach einem Jahr in Berlin** beim Staatskommissar für die Osthilfe und dessen Nachfolgebehörde tätig, und zwar bis Kriegsende. Nach dem Zusammenbruch begann er in der Berliner Stadtverwaltung seine Laufbahn im kommunalen Verwaltungsdienst als Hauptreferent der Abteilung Ernährung, bis er am 1. Dezember 1946 sein Aufgabengebiet als Oberkreisdirektor in Jülich übernahm. Er ist nicht verheiratet.

Der 49jährige neue Regierungspräsident von Münster Heinrich Austermann (Münster) trat vor dem Kriege als Assessor in die Stadtverwaltung von Münster ein. Nach dem Kriege wurde er als Rechtsrat der Stadtverwaltung wieder eingestellt, wo er 1950 zum Beigeordneten und 1952 zum Oberstadtdirektor gewählt wurde.

*

Der bisherige Regierungspräsident von Köln, Dr. Rieger, gehörte der FDP an, Regierungspräsident Dr. Reismann in Münster der Zentrumspartei. Beide wurden von der Regierung Steinhoff berufen. Für die Abberufung von Staatssekretär Dr. Bellinger, der der CDU nahesteht, wurde keine Begründung gegeben.

*

Der neue 45jährige Staatssekretär Josef Blank, ein Bruder des Bundesarbeitsministers, wurde in Elz (Kreis Limburg) geboren. Von 1933 bis 1936 studierte er Philosophie und Theologie, längere Zeit war er als mittlerer Beamter beim Regierungspräsidium in Arnsberg tätig. Gegenwärtig ist er Geschäftsführer des CDU-Landesverbandes Westfalen in Dortmund. 1954 wurde Blank **in den Landtag gewählt.**

senden »Reklame-Brummer«. Ein Aussteller hatte das Sportflugzeug gechartert, um mit einem Spruchband für »EKA-Eckbänke« zu werben. Um der Sache Herr zu werden, suchte Adenauers Behörde hektisch nach einer Verordnung, die das motorisierte Treiben untersagen sollte. Nach mehreren Fehlschlägen landete man bei einem Passus des Ordnungsbehördengesetzes vom 16. Oktober 1956. Dort hieß es: »Die Ordnungsbehörden haben die Aufgabe, Gefahren abzuwehren, durch die die öffentliche Sicherheit oder Ordnung bedroht ist.«

Adenauer berief eigens eine Pressekonferenz ein, um den erstaunten Journalisten zu erklären, dass er auf der Basis dieses Paragrafen den Flieger vom Himmel holen wolle. »Grundsätze der allgemeinen Gefahrenabwendung sind mir wichtiger als Luftverkehrsnormen«, unterfütterte er sein rigides Vorgehen. Außerdem, so Adenauer, würden wegen der Maschine »mindestens tausend Kranke in verschiedenen Krankenhäusern durch das ständige Gebrumm empfindlich geschädigt. Es besteht keine Relation zwischen den Interessen einer einzelnen Firma und den Schäden für die ganze Bevölkerung der Stadt.« Als der Pilot in Wahn landet, wird ihm prompt eine Ordnungsverfügung übergeben. Der Oberstadtdirektor droht darin mit einem »Zwangsgeld« von 500 Mark, sollte es zu weiteren Reklameflügen kommen.

Aber Adenauers Vorgehen stand juristisch auf schwachen Füßen. Gemäß Paragraf 20 des Luftverkehrsgesetzes war es privaten Unternehmen ausdrücklich erlaubt, ein Werbebanner über deutsche Großstädte zu ziehen. Ganz offensichtlich schoss der Oberstadtdirektor hier mit Kanonen auf Spatzen. Entsprechend belustigt reagierten Mitarbeiter eines Betriebes in der Nähe des Fliegerhorsts Nörvenich bei Düren. Gewöhnt an den täglichen ohrenbetäubenden Lärm der Bundeswehr-Düsenjäger schrieben sie an Adenauer: »Ein Sportflugzeug ist für uns eine himmlische Musik. Schicken Sie uns Ihre Sportflugzeuge und nehmen Sie dafür unsere Düsenjäger ...«

Es war schließlich Franz Grobben, der die Posse beendete. Als Regierungspräsident stand er über Adenauer. Vom Landesverwaltungsgericht hatte er klären lassen, dass dessen Maßnahmen gesetzlich nicht zu rechtfertigen waren. Schon am 9. März 1960, vier Wochen nach seinem Inkrafttreten, wurde das Flugverbot wieder aufgehoben.

»ICH SCHOB DIESE PERSON MIT SANFTER GEWALT HINEIN«

Franz Grobben hatte Macht, und er war ein aktives Mitglied der Stadtgesellschaft. Aber er war eben auch homosexuell, und das sollte ihm im muffigen, homophoben Klima der 1960er Jahre zum Verhängnis werden.

Der 8. Juni 1966 war ein Mittwoch. Acht Stunden hatte über Köln die Sonne geschienen, nun brach ein lauer Abend an. Eigentlich waren die Kölner Putzfrauen angewiesen, die öffentlichen Toiletten morgens um halb acht zu öffnen und abends um die gleiche Zeit nach der Reinigung wieder zu schließen. An diesem Abend jedoch verspätete sich die für den Waidmarkt zuständige Putzfrau. Der Abgang zur ausschließlich »Herren« vorbehaltenen Toilette stand offen. Für sein Buch *»Himmel und Hölle«. Das Leben der Kölner Homosexuellen 1945–1969* recherchierte das Centrum Schwule Geschichte, was im weiteren Verlauf geschah.

Gegen 22.30 Uhr verließen zwei Mitglieder des Polizeisportvereins sowie eine Privatperson das direkt neben der Toilette gelegene Polizeipräsidium. Sie marschierten zum Parkplatz, als sie bemerkten, dass mehrere Männer die Stufen zu den Toiletten hinabstiegen. Im Protokoll liest man, die beiden Polizisten seien daraufhin noch einmal ins Präsidium zurückgegangen, um »der Kriminalwache einen Hinweis zu geben, weil sich in der Bedürfnisanstalt offensichtlich verdächtige Personen« aufhielten. Was damit gemeint war, liegt auf der Hand: Öffentliche Toiletten, im Jargon: Klappen, galten als Schwulentreffs.

Schon 15 Minuten nach der Meldung umstellen acht Polizisten und ein Diensthund den Abgang zur Klappe. Weil sie ihre Taschenlampen vergessen haben, ist es den Beamten nicht möglich, in der düsteren Anlage etwaige strafbare Handlungen wahrzunehmen.

Das Polizeipräsidium am Waidmarkt, das 1953 errichtet und 2011 abgerissen wurde

Dennoch werden die neun angetroffenen Männer ins Präsidium abgeführt. Es handelt sich um sieben Deutsche, einen Portugiesen und einen Italiener. Sie sind zwischen 24 und 62 Jahre alt und stammen aus unterschiedlichen Milieus: neben sechs Arbeitern und einem Studenten finden sich auch zwei Juristen unter den Festgenommenen.

Über den Studenten weiß die »Rosa Kartei« der Kölner Polizei, dass er ein notorischer »Toilettensteher« und deshalb sehr wahrscheinlich homosexuell sei. Der älteste der Männer wiederum hatte schon an der Klappe versucht, einen Dienstausweis vorzuzeigen. Der ihn führende Polizist jedoch hatte seine Brille nicht dabei und vertröstete ihn auf später. Doch auch im Präsidium sträubte sich der 62-Jährige gegen die erkennungsdienstliche Behandlung. »Eine Person, die nach Aussehen und Haltung aus dem allgemein in solch einer Situation üblichen Rahmen hinausfiel, weigerte sich, mit den anderen zusammen das Dienstzimmer (...) zu betreten. Ich schob diese Person mit sanfter Gewalt hinein«, berichtete einer der Beamten später. Schließlich habe man den Mann jedoch von den anderen separiert und auf den Flur geführt. Dort wurde dann eindeutig festgestellt, dass es sich um Franz Grobben handelte, den amtierenden Regierungspräsidenten von Köln.

»ABARTIG VERANLAGTE«

Nach Überprüfung seines Ausweises wurde Grobben zunächst entlassen. Das Ermittlungsverfahren wegen des Verdachts der gleichgeschlechtlichen Unzucht und Erregung öffentlichen Ärgernisses musste schon bald eingestellt werden. »Insbesondere konnte trotz eingehender Befragung aller beteiligten Personen nicht ermittelt werden, wo sich Herr Grobben vor dem Einschreiten der Polizei innerhalb der Toilettenanlage befunden hat und welche Rolle er in der geschilderten Situation spielte«, schrieb die Staatsanwaltschaft in ihrem Abschlussbericht. Ein Freispruch erster Klasse, sollte man meinen. Aber Franz Grobben half er nicht. Auf dunklen Wegen war sein »Fall« an die Presse lanciert worden, die Schleusen öffneten sich.

Der *Spiegel* berichtete so kurz wie hämisch: »Grobben war unlängst (...) kurz vor Mitternacht in einer als Homosexuellen-Treffpunkt bekannten unterirdischen Toilettenanlage erkannt worden, obwohl die versammelten Herren das Licht ausgeschaltet hatten.« Der Kölner *Express* wurde deutlicher. Dort sprach man von einer »üblichen Razzia in anrüchigen Gegenden, die nach Erhebung der Sittenpolizei häufig von abartig Veranlagten frequentiert werden«.

In Nordrhein-Westfalen tobte der Wahlkampf, und offenbar gab es Gruppen, die ein Interesse daran hatten, Franz Grobben und mit ihm die CDU in Verruf zu bringen. Immer neue echte und erfundene Details gelangten an die Presse, der Druck auf Grobben wuchs von Tag zu Tag. Jenseits des strafrechtlichen Verfahrens sollte laut Staatsanwaltschaft ein dienstrechtliches eröffnet werden. Bevor es jedoch dazu kam, nahm er notgedrungen seinen Hut. Am 23. Juni teilte das Innenministerium mit: »Regierungspräsident Franz Grobben hat gebeten, ihn in den Ruhestand zu versetzen. Die Landesregierung hat diesem Antrag entsprochen.«

Mit dem Ausscheiden aus dem Amt wurde Grobben erst recht zum Freiwild der Klatsch- und Hetzpresse. »Kölns Regierungspräsident in Sittenskandal verwickelt?«, titelte am Folgetag die SPD-nahe *Neue Rhein Zeitung*. Der Rücktritt habe den »engeren Kreis« keineswegs überrascht, schon längst habe man »über Grobbens auffällige Liebenswürdigkeit zu jüngeren Männern getuschelt«. Der Absatz schließt mit einem so zusammenhangslosen wie vielsagenden Verweis auf Grobbens privates Umfeld: Er »lebte sonst ziemlich zurückgezogen in einem Haus im Prominentenviertel auf der Parkstraße in Bayenthal«.

KALTE KRIEGER – WARME BRÜDER

»Lieber ein kalter Krieger als ein warmer Bruder«, hatte der CSU-Vorsitzende Franz Josef Strauß einst auf einer Wahlkampfveranstaltung deklamiert. Damit traf er ziemlich exakt die Stimmung

Die ehemalige »Klappe« am Waidmarkt

der Nachkriegszeit. Auch in Köln, heute eine regenbogenfarbene Hochburg, spielte sich das schwule Leben zwangsläufig im Verborgenen ab. Man traf sich im Dunklen, in Parks, Toilettenanlagen, Saunen oder Schwimmbädern. »Das war eine schlimme Zeit. Die Polizei hat regelrecht Jagd auf uns gemacht«, erzählte Karl-Heinz Scherer 2014 dem *Kölner Stadt-Anzeiger*. Scherer, damals seit 60 Jahren Mitglied bei der Großen Allgemeinen Karnevalsgesellschaft von 1900, stammte aus einer katholischen Familie – und war schwul. In den einschlägigen Bars nannte man sich nie beim echten Namen, erinnerte er sich. Aus Angst vor den Tentakeln des reaktionären Ordnungsamts gab man auch Adressen und Telefonnummern nicht weiter, und zum Schutz vor der Polizei wachte vor jeder Schwulenkneipe ein Türsteher.

Unter dem Einfluss des Paragrafen 175 führte die Kölner Polizei eine Homosexuellenkartei mit vielen Tausend Namen. Das 1963 eingerichtete Ressort »Maßnahmen gegen homosexuelle Umtriebe« hatte es vor allem auf verdächtige Bars und Kneipen abgesehen. Auf zehn männliche habe ein weiblicher Gast zu kommen, lautete eine besonders absurde Vorschrift. Ignorierte sie doch eiskalt, dass auch die üblichen Eckkneipen zumeist reine Männertreffs waren. In Schwulenbars hingegen gingen viele Frauen durchaus gern, weil sie dort frei von Belästigung ein Bier trinken konnten. Das *Caroussel* und das benachbarte *En d'r Höhnergass* am Heumarkt machten sich diesen Umstand zunutze: Stand mal wieder eine Kontrolle an, baten sie die anwesenden Frauen, für den Moment mit den männlichen Gästen zu flirten …

DIE VERNICHTUNG DER BÜRGERLICHEN EXISTENZ

Drei Jahre vor seiner Pensionierung war Franz Grobben zum Rücktritt gedrängt worden. Auf das Ende seiner politischen Karriere folgte »die Vernichtung seiner bürgerlichen Existenz«, heißt es in *Himmel und Hölle*. »Lange Zeit galt Grobben als Persona non grata. Bis 1995 wurde er in den offiziellen Listen der ehemaligen Regierungspräsidenten nicht aufgeführt.«

In der Presse wurden der Beamte und die Privatperson auf infame Weise zueinander in Beziehung gesetzt. Besonders tat sich dabei wiederum die sozialdemokratische *Neue Rhein Zeitung* hervor, die Grobbens Homosexualität zur Gefahr für den Staat hochjazzte: »Allein die Möglichkeit, dass dieser Mann durch die von ihm selbst heraufbeschworene zwielichtige Situation zum Werkzeug für die Interessen unseres Staates entgegenarbeitende Mächte hätte werden können, forderte die Konsequenz heraus, dem Amt sofort zu entsagen.« Grobben sei »von einem unglücklichen Trieb überwältigt worden«, hieß es da weiter, bevor man sein soziales Todesurteil fällte: »Er hat sich in Gefahr begeben, und so erfüllte sich die alte Weisheit auch bei ihm wieder: Er kam darin um.«

Franz Grobben war das Opfer eines homophoben, reaktionären Zeitgeists. Schon wenige Jahre später hätte sein Fall sicherlich viel weniger Aufsehen erregt und womöglich keinerlei Konsequenzen gehabt. Ende der 1960er Jahre rollte mit der APO eine Liberalisierungswelle durchs Land. Auch die Homosexuellen begannen sich freizuschwimmen. Der Aufstand von New Yorker Lesben und Schwulen gegen eine Razzia im *Stone Wall Inn* legte im Juni 1969 den Grundstein für den ersten Christopher Street Day. Eine längst fällige Strafrechtsreform demontierte im September 1969 den »Schwulenparagrafen« 175, bevor er 1994 endgültig gestrichen wurde. Auch in Köln ging es voran mit der Liberalisierung. Im Oktober 1968 gründete sich mit dem Motorradsportclub (MSC) Köln ein erster schwuler Lederverein in der Rheinmetropole. 1971 wurde die Gay Liberation Front aus der Taufe gehoben. Die Eröffnung von Wally Bockmayers *Filmdose* (1975), die Gründung des schwulen Sportvereins SC Janus (1980), Georg Uecker als erster schwuler Serienstar (in der *Lindenstraße* ab 1988) sowie das erste schwule Paar vor dem Traualtar 1991 taten ein Übriges, um die Kölner Szene zu bereichern.

Bereits im Juli 1970 hatte Kölns Regierungspräsident Günter Heidecke via *Express* verkündet: »Männer sollen mit Männern tanzen dürfen.« Zuvor hatte »Mann« sich so etwas nur im Karneval getraut. Heideckes Satz fiel ziemlich genau vier Jahre nach der Festnahme seines Vorvorgängers Franz Grobben in der Klappe am Waidmarkt. Dem aber half das nicht mehr. Grobben war abgetaucht.

H-E-RR-E-N

Bis heute steht der Verdacht im Raum, dass Franz Grobben das Opfer eines schmutzigen Wahlkampfs geworden war. Dem »eingefleischten CDU-Politiker wurde von der Kölner SPD immer wieder vorgeworfen, er lege ihr Steine in den Weg«, schrieb die *Neue Rhein Zeitung* im September 1966. Gut möglich, dass die Publikmachung seiner Festnahme einem politischen Kalkül folgte. Fest steht, dass die SPD die einmal öffentlich gewordene Affäre für ihre Zwecke ausschlachtete. Mit Erfolg, wie sich herausstellen sollte, denn bei den Landtagswahlen 1966 stieg sie erstmals zur stärksten Partei auf und regierte das Land dann für die nächsten 50 Jahre.

In Köln wusste niemand, was aus Franz Grobben nach seiner Demission geworden war. Nur noch einmal kam er in Kontakt mit offiziellen Stellen. Ende der 1980er Jahre ersuchte ihn der damalige nordrhein-westfälische Innenminister Herbert Schnoor um ein Treffen. Die vorbereitenden Telefonate übernahm Schnoors Büroleiter Jürgen Roters – der später einer von Grobbens Nachfolgern als Kölner Regierungspräsident werden sollte. Roters gewann bei den Telefongesprächen den Eindruck eines »nachdenklichen Menschen, der nicht lamentierte, aber sehr traurig wirkte«. Sein Vorgesetzter Schnoor habe nach den zwei oder drei persönlichen Treffen von einem »gebrochenen Mann« gesprochen. Grobben habe sich damals in jeder Hinsicht im Stich gelassen gefühlt: sozial geächtet, von seiner Partei fallen gelassen, von Amtskollegen geschnitten – als existiere er nicht mehr. Er habe das Unrecht, das man ihm angetan hatte, nie verwunden, berichtet Roters. Schnoor beließ es seinerzeit bei einer Entschuldigung im Vier-Augen-Gespräch. Jürgen Roters hingegen meint, man hätte Grobben auch öffentlich rehabilitieren sollen.

Das historische Regierungspräsidium an der Zeughausstraße

Franz Grobben starb am 8. Juni 1994, auf den Tag genau 28 Jahre nach seiner Festnahme. Zuletzt hatte er in einem Altenwohnheim in seinem Geburtsort Aldekerk gelebt. Wie das Polizeipräsidium am Waidmarkt ist auch die dortige Toilettenanlage längst verschwunden. Ein Relikt immerhin haben Rita Wagner und Mario Kramp vom Kölnischen Stadtmuseum für die Nachwelt retten können: die Leuchtbuchstaben *H-E-RR-E-N*, die bis 1997 über der Klappe prangten. Heute hängen sie in der Dauerausstellung des Museums.

MARTINI

AUSGEZÄHLT

JUPP ELZE – DEUTSCHLANDS ERSTES DOPINGOPFER

12. JUNI 1968

Der letzte Schlag trifft ihn am Hinterkopf. Jupp Elze sackt nieder, hält sich auf allen Vieren. Der Ringrichter beginnt ihn anzuzählen, aber Elze hat ohnehin genug. Bei acht hebt er den rechten Arm zur Aufgabe, wankt in seine Ecke und fällt auf den bereitgestellten Hocker. Sein Blick ist leer, obwohl er sitzt, klammert sich Elze an die Seile.

Nach dem ersten Jubel geht Carlos Duran, der amtierende Europameister im Mittelgewicht, in die Ecke seines Gegners. Als Zeichen der sportlichen Anerkennung will er Elze in die Arme nehmen. Aber der 28-jährige Deutsche ist zu schwach, um noch einmal auf die Beine zu kommen. Wie eine Puppe hängt er in Durans Armen, droht dessen Griff zu entgleiten und wird wieder auf seinen Platz befördert. Kurz darauf verliert er das Bewusstsein.

Mit Verdacht auf eine Hirnblutung wird Jupp Elze in die Kölner Universitätsklinik eingeliefert. Schon eine halbe Stunde nach dem Kampf öffnen die Ärzte seine Schädeldecke. Aber ihr Einsatz kommt zu spät. Noch acht weitere Tage liegt der Boxer im Koma, eine Lungenentzündung verschlimmert seinen Zustand. Am 20. Juni 1968 stirbt er, ohne wieder erwacht zu sein. Der 28-Jährige hinterlässt seine Frau Helga und einen kleinen Sohn.

Die Obduktion ergibt: Es waren nicht nur die 15 brutalen Runden, die Jupp Elze das Leben kosteten. In seinem Urin werden drei verschiedene Dopingmittel gefunden, darunter Methamphetamin. Als offizielle Todesursache gilt die Hirnblutung infolge der vielen Kopftreffer. Zugleich jedoch geht Elze in die Annalen ein als der erste deutsche Dopingtote.

Josef Elze wird am 14. Dezember 1939 in Köln geboren. Sein Vater ist Kraftfahrer, er selbst macht eine Ausbildung zum Metallarbeiter. Aber sein Traum ist ein anderer. Josef, der kölsche »Jupp«, will Boxer werden und schließt sich den Faustkämpfern Kalk an. Der Verein aus dem Arbeitermilieu der rechtsrheinischen Fabriken hat seit seiner Gründung 1951 zahlreiche Mittelrheinmeister hervorgebracht. Der talentierte, vor allem willensstarke Elze wechselt mit 21 Jahren ins Profilager. Sein Debüt als Berufsboxer feiert er am 10. September 1961. Im Eisstadion an der Lentstraße schlägt er den Frankfurter Peter Faust bereits in der zweiten Runde k.o.

Von nun an sollte es steil bergauf gehen für den jungen Mittelgewichtler. In den folgenden fünf Jahren wird er nur zwei seiner 34 Kämpfe verlieren. Zum ersten Höhepunkt seiner Karriere kommt es am 30. Mai 1964. Weil Altmeister Peter »de Aap« Müller auf den Titel verzichtet, bekommt Jupp Elze seine Chance auf die Deutsche Meisterschaft. Der Fight gegen den vier Jahre älteren Hamburger Manfred Hass geht über die volle Distanz von 15 Runden. Am Ende siegt Jupp Elze nach Punkten. Drei Jahre wird er den Titel behalten, es ist seine beste Zeit. Auch seine Hochzeit fällt in diese Periode. Am 15. Dezember 1965 heiratet er Helga, geborene Zündorf.

Eine Stufe höher will Elze im Mai 1966 klettern. In der Berliner Deutschlandhalle tritt er zum Kampf um die Europameisterschaft gegen den amtierenden Champion Nino Benvenuti an. Der 1938 geborene Italiener blickt bereits auf eine Goldmedaille im Weltergewicht bei den Olympischen Spielen in Rom 1960 zurück. Bis Juni 1966 führten ihn die Profi-Boxverbände WBC und WBA sogar als Weltmeister im Halbmittelgewicht. Der »beste italienische Boxer aller Zeiten« *(Ring Magazine)* sollte sich für Elze als zu stark erweisen. Benvenuti hält den deutlich kleineren Kölner lange auf Distanz, bevor er ihn in der 14. Runde entscheidend auf die Bretter schickt. Elze kommt zwar noch einmal hoch, verliert jedoch durch technischen K.o., weil der Ringrichter den Kampf abbricht.

Zwei Jahre vergehen, bis Jupp Elze eine neue EM-Chance erhält. In diesem Zeitraum bestreitet er weitere zehn Kämpfe, unter anderem gegen den noch einmal in den Ring zurückgekehrten Peter Müller. Am 2. September 1966 füllen 25.000 Zuschauer das Müngersdorfer Stadion, um die beiden kölschen Lokalmatadore anzufeuern. Aber das vermeintliche Spektakel findet ein schnelles Ende. Der 39-jährige Müller hat seinem jungen Kontrahenten nichts entgegenzusetzen und geht schon in der zweiten Runde k.o. Danach beendet er seine Karriere.

Jupp Elze hingegen dreht weiter am Rad. Bei seiner Titelverteidigung im Januar 1967 gegen den Hamburger Reinhard Dampmann stellt er sogar einen Rekord für Deutsche Meisterschaften auf. Vor 1200 Zuschauern in der Friedrich-Ebert-Halle in Hamburg-Harburg trifft er den Herausforderer bereits in der ersten Runde mit einer Rechts-Links-Kombination so schwer, dass dieser nach einer weiteren Rechten nicht mehr aufsteht. Elze hat gerade einmal 38 Sekunden gebraucht.

Obwohl erfolgreich, geht es Jupp Elze seinerzeit finanziell sehr schlecht. Veranstalter und Management fressen seine Kampfbörsen, er hat Schulden bei Bekannten und beim Finanzamt. Um die junge Familie – Helga und er sind inzwischen Eltern eines kleinen Jungen – ernähren zu können, löst er sogar seine Lebensversicherung auf. Der einzige Ausweg, so glaubt er, liegt im Erringen eines großen Titels. Noch einmal will er um die Europameisterschaft boxen, um berühmt und – vielleicht – reich zu werden.

»FONTÄNEN AN SCHWEISS UND BLUT«

Jupp Elze geht optimistisch in den Fight gegen Carlos Duran, und er hat durchaus Anlass dazu. Denn er hat dem italienischen Titelverteidiger bereits einmal im Ring gegenübergestanden, im April 1965 in der Kölner Sporthalle. Damals hatte er den ursprünglich aus Argentinien stammenden Duran in einem auf zehn Runden angesetzten Fight nach Punkten besiegt. »Ich hoffe, das Kunststück zu wiederholen und Europameister zu werden«, sagt Elze

Jupp Elze (rechts) und sein Manager Jean Löring

im Interview mit der *Sportschau*. Sein rheinischer Singsang ist unverkennbar.

Juan Carlos Duran hatte seine ersten 14 Kämpfe in Südamerika bestritten, bevor er 1960 nach Italien übersiedelte. Seit 1966 hält er den Titel des Europameisters im Mittelgewicht. Der Fight gegen Jupp Elze hatte ursprünglich in der nicht überdachten Kölner Radrennbahn stattfinden sollen. Wegen anhaltenden Regens verschob man den Termin vom 8. auf den 12. Juni 1968 und in die Sporthalle in Deutz. Auch Carlos Duran ist einen Kopf größer als Elze. Und während dieser durch seine Schlaghärte und Kondition überzeugt, gilt der Wahlitaliener als filigraner Techniker. Vor allem seine blitzschnellen Kombinationen und die ansatzlose Linke werden von der Fachwelt bewundert. Sie sollte auch dem deutschen Herausforderer zum Verhängnis werden.

Duran beginnt den Kampf als Favorit, aber zunächst läuft es besser für den Kölner. Nach einer krachenden Rechten muss der Titelverteidiger sogar angezählt werden. Das Tempo ist enorm hoch, schon bald sind beide Kämpfer schwer gezeichnet. Als Radioreporter direkt am Ring habe er »ganze Fontänen an Schweiß und Blut abbekommen«, erzählt der Journalist Rolf Kunkel später. »Meine Frau kann sich erinnern, dass sie mein Hemd am nächsten Morgen in die Reinigung bringen musste.«

Wie damals üblich, ist auch dieser Kampf auf 15 Runden angesetzt. Noch in der 14. liegt Jupp Elze auf den Punktzetteln der Richter knapp in Führung. Aber er hat bereits einmal nach Rundenschluss seine Ecke nicht gefunden. Beim Gong zum letzten Durchgang schließlich wirkt sein Zustand eindeutig besorgniserregend. Elze wankt seinem Kontrahenten entgegen, boxt wie in Trance und kassiert einen schweren Kopftreffer nach dem nächsten. Dennoch hält er sich auf den Beinen. Auch Duran boxt längst ohne Deckung, aber er scheint die größeren Reserven zu haben. Elze habe die letzten Schläge »total widerstandslos hingenommen«, sagt der Frankfurter Boxspezialist Hartmut Scherzer im Nachhinein. Auch er war beim Kampf damals dabei. In der *Frankfurter Allgemeinen* schrieb er: »In der 15. Runde lässt Jupp

Elze wehrlos, aber mit unglaublicher Widerstandskraft einen Schlaghagel nach dem anderen über sich ergehen. Anderthalb Minuten trennen ihn noch vom Titel. Er muss nur durchstehen.« Dann jedoch erwischt ihn eine von Durans gefürchteten Linken voll am Kinn. Mit der anschließenden Rechten, seitlich zwischen Nacken und Hinterkopf gesetzt, schickt er Elze auf die Bretter.

Und während man Duran den Siegerkranz um den Hals hängt, wird dem geschlagenen Herausforderer eine Sauerstoffmaske aufs Gesicht gedrückt.

PANZERSCHOKOLADE

Jupp Elze sei von seinem Management in viel zu viele Kämpfe mit viel zu kurzen Pausen geschickt worden, schrieb der *Spiegel* damals. »Es war unverantwortlich, dass Elzes Team das nicht beendet hat«, sagt Journalist Scherzer über die letzte Phase des Duran-Fights. Auch heutige Fachleute wie Mario Theves, Dopingexperte an der Kölner Sporthochschule, sehen Elzes Tod als unmittelbare Folge des Dopings. Er mochte an seiner Hirnblutung gestorben sein. Aber ohne Aufputschmittel hätte er niemals die 150 Kopftreffer jenes Abends weggesteckt. Sondern wäre, so Theves, sicherlich viel früher k.o. gegangen und damit wohl glimpflicher davongekommen.

Die Staatsanwaltschaft ermittelte nach Elzes Tod. Aber sie kam auf keinen grünen Zweig. Klare Dopingregeln existierten seinerzeit noch nicht, und die Verantwortlichen wiesen jede Schuld von sich. »Nie im Leben«, sagte Elzes Trainer Hans Weinbach zu den Dopingvorwürfen, »Jupp war sauber, da bin ich mir sicher.« Und Manager Jean Löring, seit 1966 zugleich Präsident von Fortuna Köln, blies ins selbe Horn: »Das ist schlicht unmöglich, derartige Vorwürfe betrachte ich als persönliche Beleidigung.«

Elzes Reflexe seien bis zum Kampfende »voll dagewesen«, hieß es aus dem Umfeld des Boxers – ein boshafter Witz, wenn man die erhaltenen Filmaufnahmen betrachtet. Dennoch ging man sogar so weit, den zuständigen Gerichtsmediziner Günther

Am 12. Juni 1968 sackt Jupp Elze in Carlos Durans Armen zusammen.

Nach dem Kampf sitzt Jupp Elze bewusstlos in seiner Ecke.

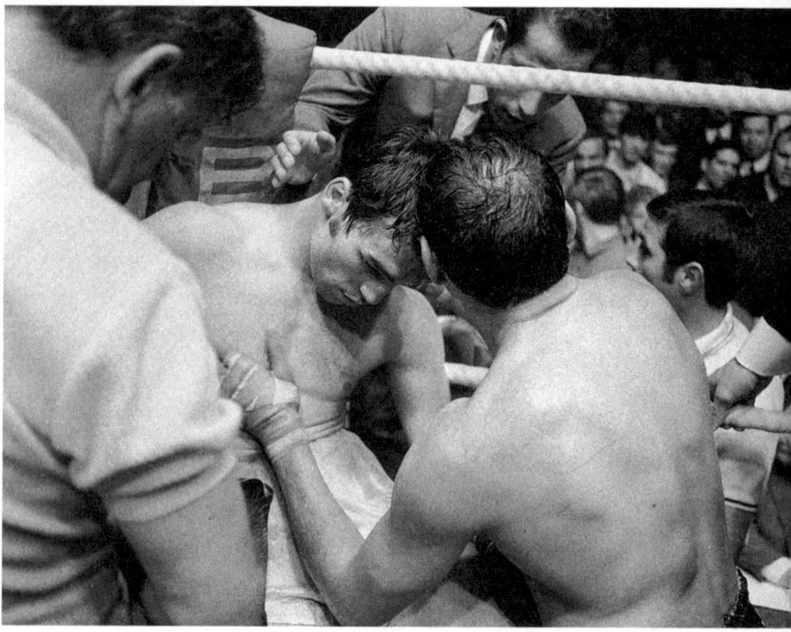

Dotzauer der Stümperei zu bezichtigen. An dessen Urteil jedoch änderte dies nichts: Jupp Elze war zum Zeitpunkt des EM-Kampfes vollgepumpt mit Drogen.

»Pervitin macht größenwahnsinnig«, beschreibt Mario Theves kurz und bündig die Wirkung des damals gängigen Methamphetamins. Ähnlich dem Crystal Meth unserer Tage fühlt man sich unter dem Einfluss von Pervitin munter, satt, euphorisch und selbstsicher. In Deutschland wurde das Mittel ab 1937 von den Berliner Temmler-Werken produziert und schnell zum Verkaufsschlager. Auch die Nationalsozialisten machten es sich zunutze. Deutsche Soldaten zogen aufgeputscht mit Pervitin in den Krieg, es kursierten Kosenamen wie »Panzerschokolade«, »Stuka-Tabletten«, »Hermann-Göring-Pillen« und »Fliegermarzipan«. Sogar Pervitin-Pralinen für die gestresste Hausfrau wurden auf den Markt gebracht. Der Bomberpilot Horst Freiherr von Luttitz erzählte vom Luftkrieg über England: »Dann war man etwa 1 Uhr, 2 Uhr morgens über London, und da ist man natürlich müde. Und wenn man das merkte – das durfte ja keinesfalls der Fall sein –, hat man ein, zwei Tabletten Pervitin geschluckt. Und dann ging's wieder.«

Die stimmungsaufhellende Wirkung beeindruckte auch die oberste Führung. Adolf Hitler soll Pervitin bis 1942 in Tablettenform und danach als Spritze verabreicht bekommen haben. Aber das Wundermittel hatte auch seine Schattenseiten. Die Liste der Neben- und Spätfolgen reicht von Schwindelanfällen, Schweißausbrüchen und Halluzinationen bis hin zu Angststörungen und Depressionen. Viele Soldaten starben an Herzversagen, töteten sich im Pervitin-Wahn selbst oder schossen auf ihre eigenen Kameraden. Dennoch erfreute sich der Stoff auch nach 1945 weiterhin großer Beliebtheit. Immer wieder wird der Verdacht genährt, die legendären Fußballweltmeister von 1954 hätten ihren Titel mit Unterstützung von Pervitin gewonnen. Nachweislich nutzte auch Kanzler Konrad Adenauer das Mittel, um ruhig schlafen zu können. Bundeswehr und NVA bezogen noch bis in die 1980er Jahre den »Muntermacher« von den Temmler-Werken, bevor er schließlich aus der Öffentlichkeit verschwand.

Historisches Röllchen der »Stuka-Tabletten«

Jupp Elzes Tod löste Diskussionen aus. Wieder einmal wurden die skrupellosen Geschäftspraktiken des Berufsboxens, die gefräßigen Manager und mafiösen Veranstalter angeprangert. Der Deutsche Sportärztebund hatte sich bereits 1927 erstmals mit dem Thema »Doping« beschäftigt. 1952 hatte der »Fall Brustmann« zu einem Skandal beim Deutschen Ruderverband geführt. 1967, ein Jahr vor Elzes EM-Kampf, war der englische Radrennfahrer Tom Simpson während der Tour de France am berüchtigten Mont Ventoux tot von seinem Rad gefallen. Ein Mix aus Alkohol und Amphetaminen hatte ihn das Leben gekostet. Die deutsche Politik reagiert jedoch erst nach einem aufsehenerregenden Zeitungsartikel der Diskuswerferin Brigitte Berendonk auf die immer lauter werdende Forderung nach einem Anti-Doping-Gesetz. »Züchten wir Monstren? Irrwege im heutigen Hochleistungssport«, hatte die 1958 aus der DDR geflohene Sportlerin ihren Beitrag in der *Zeit* überschrieben (Ausgabe 49/1969). Sie behauptete, dass praktisch alle Weltklasseathleten Pillen schluckten: 90 Prozent der Werfer und Gewichtheber, die Hälfte der Springer und Läufer sowie darüber hinaus auch viele Schwimmer und Mannschaftssportler. Ihr Warnruf fand ein weltweites Echo. Ex-Hammerwurf-Olympiasieger Hal Connolly (USA) stimmte ihr mit deutlichen Worten zu: Er habe bei den Spielen 1968 Unmengen von Sportlern beobachtet, die vor lauter Einstichlöchern auf ihrem verlängerten Rücken keinen Flecken mehr für den nächsten Schuss fanden. Sein Landsmann Parry O'Brien, zweifacher Olympiasieger und elfmaliger Weltrekordler gab zu, im Olympiajahr 1964 mehr als 15 Pfund Anabolika geschluckt zu haben.

Berendonks Text schlug sich in neuen Anti-Doping-Bemühungen nieder. In der Bundesrepublik wurden 1970 die ersten »Rahmenrichtlinien zur Bekämpfung des Dopings« festgesetzt. Anstatt lediglich moralisch zu appellieren, wurden erstmals echte Verbote ausgesprochen. Auch der Boxsport reagierte. Im Laufe der Zeit wurde die maximale Rundenzahl von 15 auf 12 verkürzt und die

Polsterung der Handschuhe verstärkt (von sechs auf acht und in den höheren Gewichtsklassen auf zehn Unzen). Aber die Reformen kamen so langsam wie halbherzig auf die Agenda. Und für Jupp Elze kamen sie ohnehin zu spät. Sämtliche Ermittlungen wurden ergebnislos zu den Akten gelegt. Der Boxer selbst wurde ein Fall für die Archive und Statistiken. Er reihte sich ein in die lange Liste toter Boxer und in jene der sportlichen Dopingopfer.

Seiner Frau und dem gemeinsamen Sohn hinterließ Jupp Elze einen Haufen Schulden. Um den Hinterbliebenen zu helfen, wurden verschiedene Benefizaktionen initiiert. Boxfan Hartmut Scherzer organisierte in Frankfurt ein Fußballspiel von Journalisten gegen ein Boxteam, für das unter anderem Karl Mildenberger und Peter Müller aufliefen. Unterstützt vom ehemaligen Eintracht-Profi Richard Kreß siegten die Boxkämpfer mit 4:1. In Köln tat sich vor allem der *Express* hervor: Die »Hilfsaktion Jupp Elze« und Honorare für Interviews halfen Helga Elze aus dem Sumpf. Schließlich zeigte sich auch Jupp Elzes letzter Gegner Carlos Duran überaus generös. Nachdem er schon zur Beerdigung einen Kranz geschickt hatte, überwies er der Witwe einen Teil seiner Kampfbörse. Mit den Erlösen finanzierte sie den Kauf eines immerhin »dreistöckigen Hauses« in Köln.

Carlos Duran verteidigte seinen EM-Titel insgesamt vier Mal und beendete seine Karriere 1973 mit einer Bilanz von 66 Siegen, neun Unentschieden und acht Niederlagen. Er starb 1991 bei einem Verkehrsunfall. Jupp Elzes Witwe blieb nicht in Köln, sondern lebte zuletzt im spanischen Aguadulce im Golf von Almería, wo sie im Februar 2012 beerdigt wurde. Jupp Elze hingegen liegt auf dem Kölner Ostfriedhof begraben, unweit seines alten Kalker Boxclubs. Sein schlichter Grabstein weist eine massive mittige Kerbung auf – einen Riss durchs Leben.

»ICH WAR IMMER EHRLICH!«

MANFRED MANGLITZ UND DER BUNDESLIGA-SKANDAL

MAI, JUNI 1971

Es ging um Bestechung und Bestechlichkeit, um Betrug und Erpressung. Lügen waren an der Tagesordnung, selbst Morddrohungen nicht selten. Der Bundesliga-Skandal von 1971 wird in der Rückschau vor allem mit dem FC Schalke 04 (»FC Meineid«) in Verbindung gebracht. Aber auch ein Spieler des 1. FC Köln war maßgeblich daran beteiligt: Torwart Manfred Manglitz, genannt »Cassius«.

»Das Leben des Manfred Manglitz darf getrost als bewegt bezeichnet werden«, schrieb der *Kicker* zu Manglitz' 80. Geburtstag, um dann fortzufahren: »Und dies hat nur mittelbar mit dem gespielten Fußball zu tun.« – Wohl wahr!

Der 1940 in Köln geborene Keeper hatte seine Karriere beim SC West in Ehrenfeld begonnen. Nach einer Buchbinderlehre versuchte er 1960 zu Viktoria Köln zu wechseln. Das Probetraining beim damaligen Trainer Hennes Weisweiler endete jedoch ernüchternd: »Aus dir wird nix«, beschied Weisweiler dem 1,90 Meter großen Hünen. Aber der ließ sich nicht entmutigen. 1961 unterschrieb er bei Bayer Leverkusen, zwei Jahre darauf beim MSV Duisburg. Der Meidericher SV, wie er seinerzeit noch hieß, hatte sich für die erste Saison der Bundesliga qualifiziert.

Für Manfred Manglitz ging es nun steil bergauf. Der MSV beendete die Bundesliga-Premiere sensationell als Vizemeister (sechs Punkte hinter dem 1. FC Köln), und Manglitz kassierte die wenigsten Tore aller Keeper. Wie Petar Radenković vor und Sepp Maier nach ihm interpretierte er die Torwartrolle sehr frei und modern. Manglitz nahm Teil am Spielaufbau, anstatt nur seinen Kasten sauber zu halten. Und wie die beiden Genannten war er auf dem Platz und auch sonst ein Spaßvogel: »In Duisburg waren sie alle bodenständig, die Jungs gingen noch auf die Hütte: von 6 bis um 15 Uhr, danach war Training. Da kam ich mit meiner lustigen Art um die Ecke, also war schnell der Spitzname geboren: Cassius«, sagte Manglitz über sich. Dazu passt, dass er auch der erste deutsche Torhüter war, der selbst einen Treffer erzielte – 1967 beim Heimspiel gegen Borussia Mönchengladbach: »Wir lagen klar zurück, mit 0:3. Zehn Minuten vor dem Ende bekamen wir dann einen Elfmeter, und das ganze Volk schrie ›Cassius‹, weil es an diesem Tag eh nicht viel zu lachen hatte. Also bin ich Verrückter hin und habe den Elfer versenkt.«

In seine Duisburger Zeit fiel zudem Manglitz' erstes Länderspiel 1965. Richtig vorbei kam er jedoch nie an Konkurrenten wie

Der Torhüter Manfred Manglitz in Duisburg, wo er von 1963 bis 1969 spielte

Hinten das Müngersdorfer Stadion, das 1975 eingeweiht wurde, vorne die Interimsarena Radrennbahn

Hans Tilkowski, Fritz Ewert oder Sepp Maier. Nur vier Mal stand er im Tor der Nationalmannschaft, bei der WM in Mexiko 1970 saß er das gesamte Turnier über auf der Bank. Im Nachhinein schob Manglitz das auf den kulturellen Graben zwischen sich und dem Bundestrainer: »Helmut Schön war ein Sachse und ich ein waschechter Kölner – das konnte nicht gutgehen!«

Auch mit dem legendären FC-Präsidenten Franz Kremer stand der vorlaute Manglitz auf Kriegsfuß. »Der kommt mir nicht in die Bude. Das ist ein Räuber«, soll der »Boss« über ihn gesagt haben. Als Kremer Ende 1967 starb, ging für den Torwart ein Traum in Erfüllung: 1969 wechselte er zum 1. FC Köln, damals noch das »Real Madrid des Westens«. Aber der Traum endete jäh. Zwei Jahre später steckte Manfred Manglitz im tiefen Sumpf einer ungeheuerlichen Schmiergeldaffäre. Als »Bundesliga-Skandal« ging sie in die Sportgeschichte ein.

25.000 MARK UND EINE QUITTUNG

Im Frühjahr 1971 roch Horst-Gregorio Canellas (1921–1999) so langsam Lunte. Der Südfrüchtehändler und Präsident von Kickers Offenbach hatte lange genug mitangesehen, wie sein Team zwar Spiel um Spiel gewann, aber in der Tabelle einfach nicht von der Stelle kam. Die Kickers hatten 8:2 Punkte hintereinander eingefahren. Aber auch die Konkurrenten um den Abstieg, Arminia Bielefeld, Rot-Weiß Oberhausen und Eintracht Frankfurt, punkteten Woche für Woche. Canellas war klar: In der Bundesliga ging es nicht mit rechten Dingen zu.

Er beschloss, das schmutzige Spiel mitzuspielen. Zugleich jedoch schloss er eine Rückversicherung ab: Wann immer Canellas eine Schiebung verhandelte, lief ein Tonband mit. Und eine Stimme, die man dort sehr häufig vernimmt, ist die von Manfred Manglitz.

Am 5. Mai sollte der FC ein Nachholspiel gegen Rot-Weiß Essen austragen. Auch die Essener standen im Tabellenkeller, was Manglitz sich zunutze machte. Mit einer gehörigen Portion krimineller Energie meldete er sich bei den Offenbachern: »Unsere

Jungs haben ein Angebot aus Essen, die lassen sich das was kosten«, behauptete er – wahrheitswidrig, wie sich später herausstellen sollte. Er wolle 25.000 Mark, andernfalls würde er »einige Dinger durchlassen«, drohte Manglitz. Zähneknirschend ging Canellas darauf ein.

Was folgte, wirkt wie ein Schmierenstück aus dem Verbrechermilieu. Manglitz übergab dem Offenbacher Boten, dem Kickers-Geschäftsführer Willi Konrad, die Skizze eines Parkplatzes, wo sich dieser mit der Verlobten des Torwarts treffen sollte. Irmgard »Irma« Walter erhielt dort die besagten 25.000 DM, beging jedoch einen Fehler. »Lassen Sie sich das von dem Kerl quittieren«, hatte Canellas seinen Vize angewiesen. Und die Kurierin bestätigte tatsächlich den Empfang des Schmiergeldes.

Köln hielt Essen mit 3:2 auf Distanz, Manglitz leistete sich während des Spiels keinen Fehlgriff. Aber die Unterschrift seiner Braut ließ ihm keine Ruhe. Noch einmal rief er in Offenbach an: »Sie, dat mit der Quittung is aber ein Ei. Die muss ich zurückhaben, damit da nich wat Dummes passiert.« Aber Canellas und Konrad wiegelten ab.

»TRAINER, ICH FÜHLE MICH SCHLAPP«

Am 22. Mai 1971 geht der drittletzte Spieltag über die Bundesliga-Bühne. Der FC spielt in Müngersdorf gegen den aktuellen Tabellenletzten Rot-Weiß Oberhausen (RWO), und wiederum ist Manfred Manglitz bestochen. 30.000 Mark hat er von RWO-Chef Peter Maaßen erhalten, um den abstiegsgefährdeten Ruhrpöttern zum Sieg zu verhelfen. Am Ende heißt es dann tatsächlich 4:2 für die Gäste, bei allen Gegentreffern hat der Kölner Keeper eine eher unglückliche Figur gemacht. Bei einem Lattenschuss der Gäste aus 30 Metern habe er »keine Reaktion gezeigt«, schrieb die *Kölnische Rundschau* in ihrem Spielbericht.

Richtig rund geht es schließlich an den letzten beiden Spieltagen. Inzwischen betrügt im deutschen Fußball-Oberhaus jeder jeden, Punkte gegen den Abstieg müssen regelrecht ersteigert werden. Mittendrin wie gehabt: Der Torhüter des 1. FC Köln Manfred Manglitz.

Der Zufall will es, dass die Kölner ihr allerletztes Spiel ausgerechnet gegen Canellas' Offenbacher Kickers bestreiten müssen. Parallel dazu spielt Offenbachs ärgster Rivale Bielefeld in Berlin bei der Hertha. Alle Beteiligten wissen, dass die Arminia dieses Match gewinnen wird – insgesamt eine Viertelmillion Mark sind dafür an Hertha-Spieler geflossen. Manglitz nutzt die Offenbacher Not, um seinerseits die Forderungen zu erhöhen. »Für 100.000 gewinnt Offenbach bei uns in Köln das Spiel, is dat ein Wort?«, unterbreitet er Canellas sein Angebot, in das angeblich fünf weitere FC-Spieler eingeweiht sind.

Canellas erbittet sich Bedenkzeit und geht schließlich zum Schein darauf ein. Am Tag des Spiels, dem 5. Juni, zeigt er Manglitz seinen prall gefüllten Handkoffer. Die Übergabe verschiebt er jedoch auf den morgigen Sonntag – der Offenbacher Sieg in Köln soll erst einmal eingefahren werden.

Dies ist offenbar der Moment, in dem Manglitz bewusst wird, dass die Sache übel für ihn ausgehen könnte. Anstatt sich gegen Offenbach ins Tor zu stellen, markiert er den Kranken. »Trainer, ich fühle mich schlapp, ich kann nicht spielen«, jammert er und lässt sich von FC-Coach Ernst Ocwirk auf die Bank setzen. Von dort aus verfolgt er dann, ganz das Unschuldslamm, den Kölner 4:2-Sieg. Von fünf bestochenen Spielern ist auf dem Platz nichts zu sehen. Und Manglitz' Vertreter Milutin Šoškić, der von Schmiergeldern nichts wusste, präsentiert sich in bestechender Form und hält seinen Kasten so sauber wie möglich. Weil Bielefeld gleichzeitig wie erwartet mit 1:0 in Berlin gewonnen hat, sind die Offenbacher Kickers nun abgestiegen.

CANELLAS LÄSST DIE BOMBE PLATZEN

Vor allem der Bielefelder Erfolg in Berlin hatte die Gerüchteküche noch einmal aufgeheizt. Zwei Jahre lang hatte die Hertha kein einziges Heimspiel verloren, als Tabellendritter war den Berlinern

Manfred Manglitz vor Gerd Müller vom FC Bayern, links Heinz Simmet und Wolfgang Weber

bereits vor dem letzten Spieltag eine Teilnahme am UEFA-Cup nicht mehr zu nehmen. Ein Unentschieden wiederum hätte gereicht, um Bielefeld in die Zweitklassigkeit zu schicken. Stattdessen jedoch fuhr der gesamte Bielefelder Tross ins noble *Strandhotel* von Travemünde. Die ganze Nacht über feierte man den Verbleib im Oberhaus. Am nächsten Morgen jedoch folgte das bittere Erwachen.

Denn just an jenem Sonntag, dem Tag nach dem Saisonfinale, beging Offenbachs Präsident Canellas seinen 50. Geburtstag. Nichtsahnend war die gesamte deutsche Fußballprominenz der Einladung gefolgt, angeführt von Bundestrainer Helmut Schön. Fernsehkameras waren postiert, Canellas' Inszenierung perfekt. Als die Stimmung ihren Höhepunkt erreichte, schritt der Gastgeber zu einem Tisch, auf dem ein Tonbandgerät postiert war. Der ein oder andere mochte mit einem Ständchen gerechnet haben, als Canellas den Knopf drückte. Aber was den Gästen dann zu Ohren kam, waren keine fröhlichen Lieder. Sondern die Stimmen von berühmten Fußballern, die um Schmiergelder feilschten. Einer von vielen: Manfred Manglitz, Torhüter des 1. FC Köln und damals Bundesliga-Rekordspieler.

Horst-Gregorio Canellas hatte »die Bombe platzen lassen«, wie es fortan in der Presse hieß. Die fassungslosen Gäste hielten sich an ihren Sektgläsern fest. Als einer der Ersten verließ der entsetzte Bundestrainer die Party.

ZWEIMAL LEBENSLÄNGLICH

Nach Canellas Enthüllungen kam der Deutsche Fußball-Bund (DFB) nicht umhin, Untersuchungen einzuleiten. Längst hatte man auch in der Frankfurter Zentrale von den einschlägigen Gerüchten gehört. Maßnahmen jedoch wurden nicht ergriffen, die Sorge um das Kind namens »Bundesliga« war offenbar größer gewesen als der Sinn für Fairplay. Aber nun gab es kein Zurück mehr. Im Verlauf des Sommers 1971 offenbarte sich peu à peu das ganze Ausmaß des Skandals, der die Bundesliga, und mit ihr den gesamten deutschen Fußball, an den Rand des Abgrunds brachte. Mindestens 18 Spiele waren auf der Zielgeraden der Saison verschoben worden, darunter beinahe jedes abstiegsrelevante Match. Rund 60 Spieler hatten sich bestechen lassen, um die gewünschten Ergebnisse zu liefern. Manche von ihnen zeigten sich reuig, nicht jedoch Manfred Manglitz. Im *Aktuellen Sportstudio* des ZDF reagierte er auf die Manipulationsvorwürfe mit einem lapidaren »Man muss auch mal verlieren können«. Statt sich zu seiner Schuld zu bekennen, versuchte er diese ausgerechnet dem Aufklärer des Skandals in die Schuhe zu schieben. Horst-Gregorio Canellas sei für ihn »die größte Enttäuschung meines ganzen Lebens« gewesen, erklärte er 2010 in einem Interview mit dem Fußballmagazin *11 Freunde*. Um dann in Anspielung auf Canellas' Profession nachzuschieben: »Aber vielleicht sind Bananenhändler so und waschen ihre Hände immer in Unschuld.«

Aber alle Ausflüchte halfen ihm zunächst nichts. Mit Hans Kindermann (1922–2018), beim DFB Vorsitzender des Kontrollausschusses, hatte ein beflissener Richter des Stuttgarter Landgerichts die Ermittlungen übernommen. »Wir müssen eiserne Pfähle einbetonieren, sonst reißen alle Dämme«, begründete er seine entschlossene Vorgehensweise, von der er sich auch durch mehrere Morddrohungen nicht abbringen ließ. Schon knapp zwei Monate nach Canellas' Gartenparty wurden die ersten Urteile verkündet. Manfred Manglitz erwischte es besonders hart. Er erhielt eine zweifache lebenslängliche Sperre und musste zusätzlich 25.000 Mark Strafe zahlen.

»WENN ES WIRKLICH EINEN LIEBEN HERRGOTT GIBT …«

Während Richter Kindermann überzeugend den »Chefankläger« gab, wurde DFB-intern bereits wieder taktiert. Pressesprecher Wilfried Gerhardt behauptete gegenüber den Medien, es gebe »keinen Fall ›Bundesliga‹, sondern nur einen Fall in der Bundesliga«. Canellas habe »die Spieler verführt« und sich »mit seinen Tonbändern nur selbst ein Alibi für eigene missglückte Beste-

6. Juni 1971: Offenbachs Präsident Horst-Gregorio Canellas und das Tonbandgerät

Horst-Gregorio Canellas mit seiner Tochter nach der Befreiung aus der ›Landshut‹ am 18. Oktober 1977

chungsversuche verschaffen wollen«. Dementsprechend wurde auch jener Mann verurteilt, der den Stein ursprünglich ins Rollen gebracht hatte: Canellas, so das Sportgericht, dürfe nie wieder ein Amt innerhalb der DFB-Strukturen ausüben.

Wie dieses – später revidierte – Urteil, so erstaunte auch manch andere Entscheidung der DFB-Bosse. Zum Beispiel jene, die doch offenbar komplett verschobene Saison für gültig zu erklären. Selbst die nachweislich manipulierten Ergebnisse wurden nicht etwa annulliert, sondern regulär gewertet. Opfer dieser absurden Politik wurde vor allem Rot-Weiß Essen. Der einzige Club des Tabellenkellers, der nicht betrogen hatte, stieg als 18. und letzter in die Regionalliga ab. Arminia Bielefeld hingegen, damals der skandalöseste aller Skandalvereine, verblieb im Oberhaus.

Ziemlich sanft landete auch der Kölner Manfred Manglitz. Seine »zweimal lebenslängliche« Sperre endete bereits nach zwei Jahren. Ohne ersichtlichen Grund begnadigte der DFB den ehemaligen Nationalspieler, einmaligen Vizemeister (1964) und dreifachen DFB-Pokalfinalisten (1966, 1970, 1971). Tatsächlich kehrte Manglitz dann auch zurück auf seinen Platz zwischen den Pfosten. Nach einem Zwischenspiel beim FSV Gebäudereiniger Köln gelang ihm 1975 sogar noch einmal der Sprung in den bezahlten Fußball: beim 1. FC Mülheim-Styrum, der in die im Vorjahr gegründete 2. Bundesliga aufgestiegen war.

Der umtriebige Manglitz hatte seinerzeit jedoch längst begonnen, sich Standbeine jenseits des grünen Rasens zu schaffen. Seine Diskothek auf den Kölner Ringen taufte er *Ex*, in Anlehnung an seine Biografie: »So viel in meinem Leben ist Ex. Ich bin Ex-Profi, Ex-Nationalspieler, habe zwei Ex-Frauen, und als ich 30 Jahre alt war, also im besten Torwartalter, da war es das mit der Karriere. Aus!«, erzählte er dem *Kölner Stadt-Anzeiger*.

Aber dabei sollte es nicht bleiben. In den 1980er Jahren wanderte Manglitz nach Spanien aus und schuf sich im Badeort Villajoyosa zwischen Benidorm und Alicante ein neues Zuhause. Er produzierte Torwartbekleidung, eröffnete ein Restaurant, hatte eine Gebäudereinigungsfirma, arbeitete mal als Fliesenleger und mal etwas mondäner als Tennislehrer. Die Miete finanzierte er sich zeitweise als Hausmeister jenes Hotels, in dem er ein Penthouse bewohnte. »Insgesamt hatte ich zwölf Berufe«, erzählte er dem Magazin *11 Freunde* zu seinem 70. Geburtstag. »Ich will es mal so sagen: Ich bin immer auf die Füße gefallen.«

Dieses und andere Interviews illustrieren jedoch auch Manglitz' Talent, seine mit Makeln behaftete Biografie aufzuhübschen. »Ich war immer ehrlich«, sagt der Mann, der ganz Fußballdeutschland gleich mehrfach hinters Licht führte. Er habe sich »nichts vorzuwerfen« und könne jederzeit »in den Spiegel schauen«. Schuld sind auch nach Jahrzehnten immer nur die anderen: Anstatt zu honorieren, dass er »nicht ein einziges Mal schlecht gespielt« habe, hätte ihm »der DFB damals am liebsten noch die Finger abgeschnitten«, kommentierte er seine Bestrafung durch das Sportgericht. Manglitz' nachträgliche Reinwaschung gipfelte in perfiden Rachegelüsten gegenüber Horst-Gregorio Canellas. Tragischerweise war der schwerkranke Offenbacher mit seiner Tochter am 13. Oktober 1977 an Bord der *Landshut*, jenes Flugzeugs, das von palästinensischen Terroristen gekidnappt wurde. Fünf Tage lang befand er sich in der Hand der Entführer – in ständiger Todesangst und unter menschenunwürdigen Bedingungen. Anstatt ein wenig Mitleid zu entwickeln, spuckte Manglitz Gift und Galle. Im Kompendium *50 Jahre Bundesliga* des Fußballexperten Ben Redelings wird er mit den unglaublichen Worten zitiert: »Wissen Sie, als der Canellas aus Offenbach in der Maschine saß, die nach Mogadischu entführt wurde, da habe ich gedacht: Ich bin ja kein gläubiger Mensch, aber wenn es wirklich einen lieben Herrgott gibt, dann kennt der Gerechtigkeit. So, wie mich dieser Canellas damals hereingelegt hat!«

Am 18. Oktober 1977 stürmte eine Einheit der GSG 9 die entführte Maschine. Wie alle Passagiere überlebten auch Horst-Gregorio Canellas und seine Tochter die Geiselbefreiung.

K-VU 582

»IN DIESEM AUGENBLICK HABE ICH DANN AUCH GESCHOSSEN«

GEISELNAHME IN DER DEUTSCHEN BANK AM DOM

27. DEZEMBER 1971

»Der Banküberfall in Köln glich einem großen Karnevalsumzug«, schrieb das DDR-Zentralorgan *Neues Deutschland*. Aus dem Bericht über den »Alltag des Kapitalismus« spricht genüssliche Häme. Aber auch der westdeutsche *Spiegel* zog die Fastelovendskarte: Die Aktion sei ganz »nach dem Geschmack der Kölner Bürger« abgelaufen, die »im Fenster lagen, als ob de (sic!) Zuch (sic!) kütt«.

Dem Geschehen angemessen waren diese Kommentare nicht. Denn, was sich da am 27. Dezember 1971 auf der Kölner Domplatte abspielte, war fern vom Fasteleer. Schließlich ging es hier nicht um Kamelle und Strüüßjer, sondern um Leben und Tod. Und am Ende starb dann auch wirklich jemand.

Drei bewaffnete Männer stürmten an jenem Montag gegen 10.40 Uhr die Deutsche Bank am Domkloster 2. Die Filiale im Blau-Gold-Haus war erst im Vorjahr eröffnet worden. Zum Zeitpunkt des Überfalls befanden sich zwei Kunden und fünf Angestellte in den Räumen des Geldinstituts. Hans Könen (damals 27) war als Springer zum Dom geschickt worden. »Es war kurz nach Weihnachten, und wir hatten noch Plätzchen gegessen. Danach habe ich mit einer Kundin telefoniert, als es plötzlich knallte. Ich dachte noch, es seien frühe Silvesterraketen«, erinnerte er sich später. Schnell wurde ihm jedoch klar, dass es sich hier um echte Böller handelte. »Ich habe der Kundin am Telefon noch sagen können, dass wir überfallen werden.« Auch Theo Grein (33) stand nur vertretungsweise an der Kasse der Bank. Er habe sich »furchtbar erschrocken«, erzählte er der Presse. »Die haben erstmal in die Decke geschossen und dann sofort alle an die Wand gestellt.« Damit war klar: Da standen nicht wie so oft verzweifelte Familienväter mit Schreckschusspistolen, sondern echte Kriminelle. »Entschlossene Typen mit harten Methoden, (...) mit Waffen wurde nicht mehr nur gefuchtelt«, wie der *Spiegel* in der Woche darauf schrieb. Robert Roth, Leiter der Filiale, saß beim Kaffee, als es passierte. »Ich drückte mich zunächst an die Wand, um abzuwarten«, sagte er. Aber viel Zeit blieb ihm nicht, denn kurioserweise diente der Aufenthaltsraum zugleich als Tresorraum: »Sekunden später kam einer der Räuber mit dem Kassierer und zwang uns, den Geldschrank zu öffnen.«

Die Täter hatten das Datum des Überfalls gut gewählt. Der Kölner Einzelhandel hatte seine Weihnachtseinnahmen abgeliefert, die Kasse war prall gefüllt. Was die Gangster allerdings nicht ahnen konnten: Beinahe gleichzeitig wurde ganz in der Nähe ein Geldtransport der Landeszentralbank abgewickelt, der von einem Haufen Polizisten gesichert wurde. Außerdem hatte ein benachbarter Juwelier die Schüsse in der Bank gehört und sofort die 110 angerufen. Binnen weniger Minuten war die Filiale umzingelt.

Mit Maschinenpistolen bewaffnete Beamte lagen schussbereit hinter sämtlichen Blumenkübeln der Domplatte, ein Polizeihubschrauber kreiste über dem Gelände. Mit nicht immer gebührendem Abstand versammelten sich jene Tausende von Schaulustigen, die die Zeitungen zum Karnevalsvergleich animierten. »Diese Polizeimethoden«, empörte sich ein etwa 50-jähriger Mann, weil die Beamten ihn nicht näher an den Tatort heranließen. Ein Einbeiniger hingegen nutzte eine Unaufmerksamkeit der Polizisten, um slapstickreif auf die Domplatte zu humpeln. »Lasst mich da mal rein, ich mach das schon«, rief er, bevor man ihn zurückdrängte.

Mit ziemlicher Sicherheit hatten die schwer bewaffneten Gangster nicht geplant, Geiseln zu nehmen. Die schnelle Belagerung jedoch hatte ihnen keine andere Wahl gelassen: »Ihnen blieb gar nichts anderes übrig, wenn sie aus dieser Sackgasse hinauswollten«, sagte ein Polizeisprecher später. Robert Roth bestätigte das: »Jetzt wird es hart«, habe Bandenkopf Kurt Vicenik gesagt, als er das Polizeiaufgebot vor der Filiale bemerkte.

POLIZEIBEAMTE ALS GEISELN

Um die Täter an der Flucht zu hindern, hatten Scharfschützen drei Reifen des VW 1500 zerschossen, mit dem sie vorgefahren waren. Schon jetzt stand Vicenik und seinen Komplizen, den Franzosen Charles Donadio (34) und François Mattei (24), das Wasser bis zum Hals. Ihre Tarnpflaster im Gesicht hatten sich gelöst, »weil sie so schwitzten«, erinnerte sich Hans Könen. Weil die beiden Franzosen kein Deutsch sprachen, fühlten sie sich umso unbehaglicher. »Ich weiß bis heute, dass einer der Bankräuber sich an meinen Zigaretten bediente. *Atika* waren das.«

Die Zeit verstrich. Filialleiter Roth schickten die Gangster zum Auto, um eine Aktentasche mit Butterbroten zu holen. Das Kundenehepaar wurde entlassen, weil die Frau kurz vor einem Nervenzusammenbruch stand. Hans Könens 16-jährige Kollegin Christine Brauner brach in Tränen aus. Als er darum bat, sie ebenfalls laufen zu lassen, schlug ihm einer der Bankräuber mit dem Lauf seiner Waffe in den Nacken und befahl ihm, sich hinzulegen. »In diesem Moment ist mein ganzes Leben an mir vorbeigeflogen. Ich war mir sicher: Das war es jetzt.«

Inzwischen war auch Kölns Kripochef Hans Werner Hamacher eingetroffen, der sich spontan als Geisel zur Verfügung stellte. Er werde alles dafür tun, dass kein Blut fließe, beschwor er die Gangster. Und die ließen sich auf seinen Vorschlag ein: Anstelle der Bankangestellten akzeptierten sie Hamacher (46) und Schutzpolizei-Oberrat Hans Krauss (51) als Faustpfand. In der Bank mussten sich die beiden bis auf die Unterhosen ausziehen, um zu beweisen, dass sie keine Waffen bei sich trugen. »Das müssen wir hier erleben: unser Chef in den Händen von Schwerverbrechern«, empörte sich ein Polizist vor Ort. »Bankräuber, die vor Tausenden Zuschauern den Kripo-Chef der Stadt fesseln und herumkommandieren«, polterte auch der *Spiegel*.

Kurz nach der Auslösung wird Hans Könen von den Ganoven mit einem Zettel auf die Straße geschickt: »Wir haben abgesägte Schrotflinten, ihr wisst ja, wie das streut«, steht darauf. Als er bei den Polizisten ankommt, bricht Könen zusammen. Der Portier des Domhotels bringt ihn wieder zu Kräften: »An der Bar gab es dann erstmal einen Rémy Martin, oder gleich zwei. Das hatte ich vorher nie getrunken.«

Weil ihr Fluchtauto fahrunfähig war, hatten die Räuber nach einem Ersatz verlangt. Den ersten Wagen, einen zitronengelben VW 411, lehnt Vicenik nach kurzer Inspektion ab. Kurz vor 12 Uhr wird deshalb ein grauer Ford Transit aus den Beständen der Deutschen Bank vorgefahren. Vicenik schleudert den Feuerlöscher und das Warndreieck hinaus. Dann besteigen die Gangster und ihre Geiseln das Auto. In einem mitgebrachten Koffer lagern 311.000 Deutsche Mark. Es ist der Auftakt zu einer 53-stündigen Irrfahrt.

DIE FLUCHT

In der Bundesrepublik stehen die Chancen für Bankräuber damals nicht schlecht. Im Vorjahr 1970 waren lediglich 46 Prozent

27. Dezember 1971: Ein Polizeihubschrauber kreist über dem Dom.

Die belagerte Domplatte während des Überfalls auf die Deutsche Bank

27. Dezember 1971

aller Überfälle aufgeklärt worden. Die Gesamtzahl der Banküberfälle hatte im Laufe der 1960er drastisch zugenommen. 321 zählte man allein 1971 – mit Köln als Finale. Geiselnahmen hatte es bis dato allerdings erst einmal gegeben: im August 1971 in München, wo es die Täter ebenfalls auf eine Filiale der Deutschen Bank abgesehen hatten.

»Die beiden Polizisten waren damals meine Lebensretter, denn zuerst wollten die Gangster mich und das Lehrmädchen mitnehmen«, sagte der Kölner Kassierer Grein im Nachhinein. Dass seine Todesangst begründet war, belegt der Ausgang des Münchner Überfalls. Dort waren einer der Täter und eine weibliche Geisel bei einer von der Polizei eröffneten, wilden Schießerei getötet worden. Nur fünf Tage vor den Kölner Ereignissen hatte zudem der Kaiserslauterer Polizist Herbert Schoner sein Leben bei einem Banküberfall verloren. Er hatte das Fluchtauto der erst kurz zuvor gegründeten Rote Armee Fraktion kontrollieren wollen und war von den Terroristen erschossen worden.

Die Kölner Täter machten sich gegen 12.30 Uhr über den Wallrafplatz davon und auf den Weg nach Süden. Während Geisel Krauss auf dem Beifahrersitz Platz nehmen musste, bugsierte man den zunächst gefesselten Hamacher hinter das Steuer. Der Kriegsveteran war in seinem Leben schon einmal angeschossen worden: am 29. August 1944 in Skopje/Mazedonien, als damals 20-jähriger Soldat an der Ostfront. Seit 1968 fungierte der gebürtige Düsseldorfer als Kölner Kriminaldirektor. Wie sein Kollege Krauss bemerkte er schnell, dass die Täter keineswegs so abgebrüht waren, wie sie im ersten Moment wirkten. Einen großen Fehler hatte Bandenchef Vicenik bereits vor dem Überfall begangen, als er seinen Personalausweis in seinem Kölner Hotel liegen ließ.

Auch auf der Flucht wirkt er angeschlagen. Augenzeugen von der Domplatte hielten Vicenik wegen seines schwankenden Ganges für betrunken. Im Auto läuft dem übergewichtigen Österreicher pausenlos der Schweiß übers Gesicht. Er habe »unentwegt Baldriantropfen und unzählige Tabletten gegen sein Herzleiden geschluckt«, so Hamacher.

Einer der beiden Komplizen belädt das Fluchtauto, links der Haupttäter Kurt Vicenik.

Das Fluchtauto wird zunächst von einem ganzen Konvoi verfolgt – Polizisten, Journalisten und Neugierige haben sich an die Fersen der Entführer geheftet. Die Gangster lassen sich von einem Polizeiauto durch die Weinstadt Bingen lotsen und tanken mehrmals. Bezahlen muss stets Kripochef Hamacher, auch für Cola und Zigaretten kommt er auf.

Die Stimmung sei während der gesamten Tour gereizt gewesen, erzählten die beiden Geiseln später. Vor allem die beiden Franzosen seien mehrmals »fast durchgedreht«. In einem Fall waren sie drauf und dran, einen Reporter zu erschießen. Der Mann sei vor ihnen aus seinem Auto gesprungen, um das Fluchtfahrzeug zu fotografieren. Um die Atmosphäre zu beruhigen, hätten die Beamten nach geeigneten Gesprächsthemen gesucht. Zwischendurch habe man mit den Entführern sogar über deren Zukunftspläne sprechen können. Die Waffe in der Hand, erzählte Vicenik den Beamten von der bürgerlichen Idylle, die er sich mit der Beute erschaffen wollte. Sein Anteil würde wohl reichen, um »zehn bis zwölf Jahre ein ruhiges, redliches Leben zu führen«, glaubte er. Übereinstimmend berichten Hamacher und Krauss später, dass die Bankräuber nach dem Zählen des Geldes überaus enttäuscht gewesen seien.

Krauss erntete einen Lacher, als er um 17 Uhr darauf hinwies, dass man als Beamter nun eigentlich Feierabend habe. Aber die Todesangst der beiden Geiseln konnte auch das lockere Parlieren nicht vertreiben. »Wenn man ein Gewehr im Rücken hat, kann schon eine falsche Bewegung genügen«, sagte Hamacher. »Wir hatten ständig Angst, dass die Gewehre unbeabsichtigt losgingen.« Um abrupte Bremsmanöver zu vermeiden, sei er mehrmals über rote Ampeln gefahren.

Südlich von Saarbrücken wird die Sache dann unübersichtlich. Ganz offenbar haben die Täter entweder gar keinen Fluchtplan vorbereitet oder sind von den Ereignissen völlig überrumpelt worden. Am Schlagbaum Goldene Bremm an der französischen Grenze reicht es Hans Werner Hamacher schließlich: »Bis hierher und nicht weiter«, habe er den Räubern zu verstehen gegeben.

Weder Krauss noch er wollen den Wagen auf französisches Gebiet steuern. Man sei dann zurück Richtung Saarbrücken gefahren. Kurz nach 20 Uhr parken die Entführer das Auto in einem Waldstück bei Rohrbach. Die beiden Geiseln werden entlassen, die Flucht soll nun offenbar zu Fuß weitergehen.

Hamacher und Krauss finden zurück zur Straße, direkt im ersten Auto sitzt ein Polizeikollege. Nach acht langen Stunden in der Gewalt der Gangster befinden sie sich endlich in Sicherheit.

DER SCHUSS

Die Verfolger haben unterdessen die Spur der Verbrecher verloren. Spekulationen über ihren weiteren Fluchtweg schießen ins Kraut. Ein Spaziergänger will einen Fesselballon gesehen haben, der sich gen Westen bewegte. In der Presse ist sogar von geheimen Bunkergängen des ehemaligen Westwalls die Rede, durch die das Trio unterirdisch nach Frankreich gelangen wolle. Tatsächlich jedoch verleben die Gangster die Nacht und den folgenden Dienstag im Vereinsheim des Hundesportclubs Limbach im Kreis Homburg. Die Kälte und der Hunger treiben sie irgendwann nach draußen. Wieder stehlen sie einen Wagen und nehmen eine Geisel, den 21-jährigen »Maschinenarbeiter« Karl Friedrich Bach.

Fast 400 Polizisten und drei Hubschrauber durchkämmen am frühen Nachmittag des 29. Dezember Land und Luftraum des Saarlandes. Als ein Helikopter den Fluchtwagen erspäht, heftet sich erneut eine ganze Autoschlange an die Fersen der Gangster. Ein über die Mediathek des Saarländischen Rundfunks zugänglicher Nachrichtenfilm bezeugt den seltsamen Zug. Wieder wollen die Gangster ihre Geisel gegen einen möglichst hochrangigen Polizisten austauschen. Hans Werner Hamacher in Köln erklärt sich bereit, ins Einsatzgebiet zu fliegen und erneut mit den Tätern zu verhandeln. Noch einmal als Geisel will er jedoch nicht fungieren. Die Sache zerschlägt sich schließlich. Auf einer waldreichen Anhöhe bei Baltersweiler, 40 Kilometer nördlich von Saarbrücken, kommt es zum Showdown.

Die Filiale der Deutschen Bank nach dem Überfall

Kurt Vicenik in jungen Jahren

Ebenfalls per Helikopter ist Polizeirat Julius Groß, Leiter der Saarbrücker Sonderkommission zum Fall, eingeflogen worden. Nach seiner Ankunft beginnen gegen 15.30 Uhr erneute Verhandlungen mit den Geiselnehmern. Wer heute die kurze Filmaufnahme betrachtet, fühlt sich an zwei Duellanten aus einem Western erinnert. Ähnlich schilderte es seinerzeit auch der anwesende Reporter der *Kölnischen Rundschau*: »Lässig die Maschinenpistole in der Hand haltend steht der Bankräuberboss auf der Straße. (...) Nur seine hastigen Züge an der Zigarette verraten etwas von seiner Nervosität.«

Ob Groß bewaffnet ist, scheint Vicenik nicht zu kümmern. Polizisten bilden einen Kordon um die beiden, mit aller Kraft müssen sie die Schaulustigen zurückdrängen. Während Vicenik auf Groß zugeht, sitzen die zwei Franzosen mit der letzten Geisel im Auto. Die Atmosphäre scheint trotz der bedrohlichen Umstände relativ entspannt, als plötzlich ein Schuss fällt. Polizist Groß schilderte den Verlauf später auf einer Pressekonferenz aus seiner Sicht. Aus dem Augenwinkel habe er beobachtet, wie sich der Franzose auf dem Vordersitz zum Kollegen im Fond umgewandt habe. Diese Gelegenheit nutzte Groß, um seine Waffe zu ziehen und Vicenik zur Aufgabe zu zwingen. »Ich habe die Pistole auf ihn gerichtet, und in dem Moment hebt er den Arm und will schießen. In diesem Augenblick habe ich dann auch geschossen.«

»Vicenik dreht sich halb zur Seite – und fällt zusammengekrümmt auf den Asphalt«, schrieb die *Kölnische Rundschau*. Gleichzeitig bemerkt Groß, dass die Geisel vorn am Steuer in Deckung gegangen ist. Dadurch habe er freies Schussfeld auf die Täter im Wagen gehabt. Angesichts der auf sie gerichteten Waffen ergeben sich Donadio und Mattei. Der 21-jährige Gekidnappte wird unverletzt befreit, während Bandenboss Vicenik wie leblos auf der Straße liegt. »Sein Blut färbt einen Richtungspfeil auf der Fahrbahn rot«, heißt es im Augenzeugenbericht. Der Schuss aus der Polizeipistole ist in Kurt Viceniks Magen eingedrungen, hat die Leber durchlöchert und ist nahe der Wirbelsäule stecken geblieben.

Das Fluchtauto wird gefunden.

DER HAUPTTÄTER

Nach und nach waren während der zweieinhalb Fluchttage einige Details aus Viceniks Vorleben bekannt geworden. Er wurde 1927 als uneheliches Kind einer 18-Jährigen in Wien geboren, wuchs bei verschiedenen Verwandten auf und geriet früh auf die schiefe Bahn. Diebstähle, Raub, Erpressung und Einbruch zählen zu seinen Jugenddelikten. Wegen erpresserischen Raubes wanderte der 20-Jährige für sieben Jahre hinter Gitter. Später scheint es jedoch in seinem Leben auch ruhigere Phasen gegeben zu haben. Ebenfalls in Wien betrieb er zeitweise einen Obstladen, später in Köln eröffnete er einen Kiosk. Aus der 1962 geschlossenen Ehe mit einer Düsseldorfer Verkäuferin gingen zwei Söhne hervor. Vicenik war bereits geschieden, als es 1968 zu einem Banküberfall in Düsseldorf kam, der als »Einbruch der Wühlmäuse« bekannt wurde. Die unbekannten Gangster hatten sich einen Tunnel bis unter den Tresorraum gegraben und 400.000 Mark erbeutet. Der Tipp für den Coup soll von Vicenik gekommen sein, aber damals hatte man ihm nichts nachweisen können. Dass er, wie von einigen Zeitungen kolportiert, gute Kontakte in die Unterwelt von Marseille gehabt habe, wies die französische Polizei zurück. Vicenik sei in diesem Milieu höchstens »ein kleiner Fisch« gewesen. Vor dem Kölner Überfall war er offensichtlich so abgebrannt, dass er seine Uhr und weitere Wertsachen in einem Pfandhaus hatte versetzen müssen.

DIE FOLGEN

Bandenchef Kurt Vicenik starb 15 Tage nach der Festnahme an Kreislaufversagen infolge seiner Schussverletzung. Die Aufnahme, auf der Polizist Groß mit gestreckter Waffe über dem verletzten Vicenik kniet, wurde zum Weltpressefoto des Jahres 1972 gekürt. Die beiden Franzosen Charles Laurent Donadio und François Antoine Mattei wurden zurück nach Köln gebracht und zu zehn Jahren Gefängnis verurteilt. Als man den Koffer des Gangstertrios öffnete, fehlten von dem geraubten Geld nur wenige Tausend Mark.

Beim Bankraub in München hatte ein geltungssüchtiger Staatsanwalt den verheerenden Schießbefehl gegeben. Auch im Kölner Fall schoss die Polizei, obwohl sich noch eine Geisel in der Gewalt der Täter befand. Julius Groß mochte tatsächlich den Eindruck gehabt haben, Herr der Lage zu sein. Aber ihm hatte auch das Glück zur Seite gestanden. Denn wie sich später herausstellte, hatte die junge Geisel nur durch Zufall überlebt. Die Untersuchung des Tatorts ergab, dass aus dem Fluchtauto heraus zwei Schüsse abgefeuert worden waren. Laut den Ermittlern hatten sie wohl dem flüchtenden Karl Friedrich Bach gegolten. Er erlitt einen schweren Schock.

Wie die Austauschgeisel Hans Krauss wurde auch sein Kollege Hans Werner Hamacher für seinen Mut mit dem Bundesverdienstkreuz 1. Klasse belohnt. Einige Jahre später stieg Letzterer zum LKA-Chef von Nordrhein-Westfalen auf. Dank mehrerer Bücher wurde er ein viel gelesener Experte für Organisierte Kriminalität. Krauss wiederum überließ der Nachwelt bei seiner Pensionierung 1981 die damalige Waffe des Haupttäters. Kurt Viceniks seltenes Revolver-Gewehr des Kalibers 357 Magnum lagert heute im Depot des Kölnischen Stadtmuseums.

Die Überfälle von München und Köln lösten Debatten über angemessene Polizeitaktik aus. Der nordrhein-westfälische Innenminister Willi Weyer warnte vor einer erneuten Diskussion über die Todesstrafe angesichts der neuen Dimension von gewaltsamen Geiselnahmen. Die *Bild* malte noch während der Verfolgungsjagd den Teufel an die Wand: »Seit zwei Jahren läuft die Baader-Meinhof-Bande frei herum, eine breite Spur von Blut und Verbrechen hinter sich lassend. (...) Seit 48 Stunden narren die drei Kölner Bankräuber ihre Verfolger. (...) Wir dürfen nicht so weit kommen, dass in unserem Rechtsstaat jeder jeden kidnappen kann. Die Bundesrepublik darf nicht zu einem riesigen Chicago werden.«

Die Politik reagierte prompt. Nach den Münchner Ereignissen war am 17. Dezember 1971 der Tatbestand »erpresserischer Kindesraub« auf »erpresserischen Menschenraub« erweitert und mit Freiheitsstrafen bis 15 Jahren belegt worden. Und schon im Folgejahr

29. Dezember 1971: Kurt Vicenik bricht nach dem Schuss von Julius Groß zusammen.

wurden – nach dem Terroranschlag bei den Olympischen Spielen 1972 – die ersten Spezialeinsatzkommandos (SEK) gegründet. Aber die Geschichte wiederholte sich dennoch. Der Überfall von 1971 hätte nicht zuletzt als Blaupause für ein sehr ähnlich gelagertes Szenario von 1988 dienen können: die Geiselnahme von Gladbeck. Offenbar jedoch hatten die Behörden nicht dazugelernt. Wieder ließen sie sensationslüsterne Gaffer und Journalisten in unmittelbare Nähe der Täter, wieder starben Unschuldige.

Die überlebten, litten zum Teil lange. Eine Betreuung der Opfer seitens der Behörden war damals noch nicht vorgesehen. So berichtete der Bankangestellte Hans Könen, dass er schon am nächsten Tag wieder zur Arbeit anzutreten hatte. »300 Mark Schmerzensgeld haben wir bekommen. Psychologen hat man damals nicht eingesetzt.« Könen gelang es zunächst, die Ereignisse zu verdrängen. Ein Jahr später jedoch begannen seine Nerven plötzlich zu flattern. Erst eine vierwöchige Reha brachte ihn wieder in die Spur. Kassierer Theo Grein wiederum kämpfte ein Leben lang mit seinen bösen Erinnerungen. »Bis heute kann ich mir keinen Krimi im Fernsehen angucken, da läuft es mir eiskalt den Rücken runter«, erzählte der langjährige Ortsvorsteher von Dürscheven bei Zülpich im Jahr 2012 einem Reporter. Immerhin: Könen und Grein konnten im Nachhinein auch lachen über jene Verbrecher, die sie traumatisiert hatten. Beide erzählten gern von Haupttäter Vicenik, der sich »oben in seinen Blaumann ein Tablett mit Münzen schüttete, die dann an den Hosenbeinen wieder rausfielen.« Könen gönnt sich bei besonderen Anlässen stets einen Rémy Martin – wie einst im Domhotel. Und Kassierer Grein verdankt den drei Räubern sogar einen persönlichen Rekord: »Die 311.000 Mark waren die höchste Summe, die ich jemals ausgezahlt habe.«

1800 INSCHRIFTEN

DER EINBRUCH IM GESTAPO-KELLER

6. MÄRZ 1979

In der Nacht auf den 7. März 1979 versteckten sich zwei Männer im Keller des Hauses Ecke Appellhofplatz und Elisenstraße. Tagsüber residierten in dem stattlichen Vorkriegsgebäude einige städtische Behörden. Nach Dienstschluss wurden die Türen verschlossen, die beiden Eindringlinge konnten sich nun frei bewegen. Im Keller lagerten städtische Akten – nichts von Wert, sollte man meinen. Aber Kurt Holl und Gernot Huber ging es nicht um Raub und Bereicherung. Sie interessierten sich für das, was hinter jenen Akten verborgen war: Wandinschriften aus der Nazizeit.

Den Weg geebnet hatte zuvor bereits der 1940 in Stolberg geborene Sammy Maedge. Der Vergolder und Kunstglaser versuchte seit 1959, die Stadt zur Aufarbeitung der EL-DE-Haus-Geschichte zu bewegen. Im ehemaligen Hauptsitz der Kölner Gestapo fänden sich noch immer Spuren der Gefangenen, die man hier eingekerkert, gefoltert und getötet hatte. Unzumutbar sei es zudem, dass ausgerechnet in der ehemaligen Gestapo-Zentrale NS-Verfolgte ihre Rente beantragen müssten.

Je nach politischem Standpunkt galt Maedge als tapferer Einzelkämpfer oder als penetranter Querulant. Für seine politischen Aktionen erntete er Hausverbote, Beschimpfungen und Prügel. Wann immer er bei den städtischen Behörden im EL-DE-Haus vorstellig wurde, versuchte man ihn so schnell wie möglich loszuwerden. Zu präsent war die NS-Ära noch im deutschen Alltag, zu viele alte Nazis saßen noch immer – oder: schon wieder – an den Hebeln der Macht. »Da ist nichts zu fotografieren«, wiegelte EL-DE-Haus-Besitzer Georg Dahmen ab. »Lassen Sie doch den alten Kokolores ruhen, die Zeit ist lange vergessen.« Ein Aktenvermerk der Kölner Polizei vom 5. Oktober 1966 macht den Gewerkschafter und Sozialdemokraten Maedge zur Zecke im Pelz der Nation: »Nach hiesiger Ansicht schadet er durch sein Verhalten im Ausland der Bundesrepublik in erheblichem Maße. Nach seinen eigenen Angaben hat er im Ausland Freunde, die mit ihm gemeinsam versuchen, die Gewalttaten aus der NS-Zeit, die noch nicht vor einem ordentlichen Gericht verhandelt wurden, zu ermitteln.«

Um die Öffentlichkeit über die Historie des EL-DE-Hauses aufzuklären, hatte Maedge sich bereits 1967 einmal im dortigen Keller einschließen lassen. Über Nacht fotografierte er einige Inschriften, die er von einer russischen Bekannten übersetzen ließ. Aber der Anlauf verpuffte, Maedges Initiative blieb unbeachtet. Eine neue Dynamik bekam die Angelegenheit erst ein Jahrzehnt später. Im Januar 1979 war die US-amerikanische Serie *Holocaust* im deutschen Fernsehen ausgestrahlt worden. Seine Schatten vor-

Das EL-DE-Haus war in der Nachkriegszeit auch Standesamt.

Blick vom Appellhofplatz auf das EL-DE-Haus

aus warf zudem der für den Oktober geplante Prozess gegen Kurt Lischka (1909–1989) vor dem Kölner Landgericht. Der SS-Obersturmbannführer und Gestapo-Chef war einer der führenden Köpfe bei der Ermordung von Juden durch den Nationalsozialismus gewesen. Die Journalistin Beate Klarsfeld hatte ihn 1971 in Köln aufgespürt. Nach jahrelangen Ermittlungen ging es vor Gericht schließlich um die Deportation und Ermordung von 40.000 französischen Juden, für die man Lischka verantwortlich machte.

Beide Ereignisse – TV-Film und Prozess – ermutigten Sammy Maedge im Januar 1979 zu neuen Aktionen. Auf dem Wallrafplatz, direkt neben dem WDR, präsentierte er sich mit einer selbst gebastelten Litfaßsäule, die auf das EL-DE-Haus als ehemalige Gestapo-Zentrale verwies. Im selben Zusammenhang forderte er die Einrichtung eines NS-Dokumentationszentrums. Auf Maedges Recherchen bauten dann zwei Monate später der Lehrer Kurt Holl und der Fotograf Gernot Huber auf, als sie sich im EL-DE-Haus einschließen ließen.

FÜNF VOR ZWÖLF

Auch Kurt Holl (1938–2015) hatte sich zum Zeitpunkt des EL-DE-Coups schon mehrfach mit dem Staat angelegt. Der Sohn eines 1942 gefallenen SS-Mannes blickte auf eine Reihe politischer Straftaten zurück, die ihn 1976 seinen Job gekostet hatten. Holl war vom Schuldienst suspendiert worden mit der Begründung, er habe »nicht die für einen Beamten notwendige charakterliche Eignung«.

In seiner 2018 erschienenen Biografie *Ein unbequemer Kölner bis zum Schluss* schildert er auch die Nacht im EL-DE-Keller. Offenbar war es, was die Inschriften der Gefangenen betraf, seinerzeit fünf vor zwölf: »Wir hatten kurz vorher entdeckt, dass Handwerker dabei waren, die Gefängniszellen im Auftrag der Stadt zu ›renovieren‹, was faktisch die Zerstörung dieses historischen Ortes bedeutete.« Um dies zu verhindern, hatte sich Holl der Mitarbeit des Fotografen Gernot Huber versichert. Auch er arbeitete zugleich als politischer Aktivist und als kritischer Fotojournalist bei der damaligen Szenezeitung *Kölner Volksblatt*. Eine seiner aufregendsten Dokumentationen waren die Fotos des von türkischen Arbeitern initiierten Streiks bei den Kölner Ford-Werken anno 1973.

Die Aktion im EL-DE-Haus barg Risiken, die den beiden durchaus bewusst waren. Schließlich verfügten die dort beheimateten Ämter über kriminell verwertbares Material – Stempel, Dokumentvorlagen und Blanko-Ausweise etwa. Aber Holl und Huber interessierten sich nicht für die Büroräume, sondern für den Keller des Gebäudes.

Das mitgebrachte Werkzeug reichte aus, um die Eisenriegel der ehemaligen Gefängniszellen zu knacken. Die eigentliche Arbeit jedoch fing nun erst an. »Alle Wände waren mit Regalen zugestellt«, schreibt Holl, »schleppend und hustend« habe man sich daran gemacht, die Wände freizuräumen. Um dann festzustellen, dass gerade die Aktenmassen die Wände leidlich konserviert hatten – alle Feuchtigkeit war ins Papier statt in den Putz gezogen.

Während Holl Regale verschob, suchte Huber nach dem besten Aufnahmewinkel für die Graffiti der Gestapo-Opfer. Es wurde eine lange Nacht: »Nach einer 12-Stunden-Schicht, kurz bevor die ersten Arbeiter kamen, schlüpften wir nach draußen, unbemerkt und mit über 1200 Fotos im Kasten.«

Die Mühe hatte sich gelohnt. Als Holl und Huber mit ihrem Material an die Öffentlichkeit gingen, überschlugen sich die Medien mit ihrer Berichterstattung. Um einer drohenden Zerstörung der Inschriften zuvorzukommen, verfügte Stadtkonservatorin Hiltrud Kier einen sofortigen Umbaustopp. Auch die Politik musste nun endlich reagieren. Ende 1979 beschloss der Stadtrat, den Forderungen der Aktivisten nachzugeben und im ehemaligen Gestapo-Quartier eine Gedenkstätte einzurichten.

DAS EL-DE-HAUS

Ursprünglich war das Gebäude 1934/35 für den Kölner Gold- und Uhrengroßhändler Leopold Dahmen errichtet worden. Dessen Initialen verdankt es auch seinen Namen EL-DE-Haus. Schon 1935

Sammy Maedge in den 1980er Jahren

wurde es jedoch nach einem Baustillstand von der Gestapo beschlagnahmt. Und bereits im Dezember desselben Jahres zwang man Häftlinge, zehn Zellen in den Keller des Hauses zu bauen. Fortan sicherten schwere Eisengitter die beiden steilen Treppenabgänge.

Eigentlich hatten diese Zellen nur während der Verhöre belegt werden sollen. Bald jedoch verbrachten die Gefangenen dort Wochen und Monate, 24 Stunden in Dunkelheit, nur unterbrochen durch immer neue Folterungen. In den rund fünf Quadratmeter kleinen Räumen saßen Kriegsgefangene und Zwangsarbeiter, Kommunisten und Widerstandskämpfer – etwa der Kölner Edelweißpiraten. Einer von ihnen, Jean Jülich (1929–2011), hat über seine Erlebnisse dort und mit der Gestapo ein aufschlussreiches Buch geschrieben. In *Kohldampf, Knast un Kamelle* (2003) erzählt er von den Schlägen und Tritten, denen er während der Befragung ausgesetzt war.

Jülich überlebte das EL-DE-Haus, viele andere nicht. Im Tiefkeller wurden die Häftlinge mit Händen und Füßen, Schlagringen und Totschlägern traktiert, um die gewünschten Geständnisse zu erhalten. Gegen Ende des Krieges, die Niederlage vor Augen, verschärfte sich der Terror der Gestapo noch einmal. Hinrichtungen »fremdvölkischer Personen« durften seit November 1944 auch ohne Erlaubnis der Berliner Zentrale vollzogen werden. Für Massenhinrichtungen wurde im Innenhof des Eckhauses ein mobiler Galgen aufgestellt, an dem sieben Gefangene gleichzeitig gehängt werden konnten. Noch am 1. März, fünf Tage vor dem Einmarsch der Amerikaner, wurden an der Elisenstraße 105 Menschen während einer stundenlangen Exekution am Galgen hingerichtet. Während die Gestapo ihre Leichen sonst auf einem eigenen Terrain des Westfriedhofs vergrub, konnten die allerletzten Opfer nicht mehr abtransportiert werden. Man fand sie im Oktober 1945, zusammen mit dem Galgen.

»Einbrecher« Kurt Holl im Zellentrakt des EL-DE-Hauses

Der unterirdische Zellentrakt im EL-DE-Haus

6. März 1979

33 MENSCHEN IN EINER ZELLE

Das Areal um den Appellhofplatz war wie die gesamte Innenstadt durch die Bombardements der Alliierten fast vollständig zerstört worden. Das EL-DE-Haus jedoch war weitgehend verschont worden. Zuletzt 1943 hatte man die Wände des Gestapo-Kellers neu gestrichen – sämtliche Inschriften stammen deshalb aus der Zeit zwischen Ende 1943 und März 1945. Nur für die ehemaligen Zellen 5 und 6 kam Holls und Hubers Einbruch zu spät. Just im Januar 1979 hatte man die als Kohlenkeller genutzten Räume mit weißer Dispersionsfarbe gestrichen – und damit alle Wandspuren vernichtet.

Erhalten geblieben sind rund 1800 Inschriften und Zeichnungen. Die Häftlinge benutzten Kreide, Bleistifte oder Kohlestücke, Nägel, Schrauben und die bloßen Fingernägel, um der Nachwelt eine letzte Botschaft zu hinterlassen. »Hier bei der Gestapo haben zwei Freunde gesessen aus dem Lager Messe seit dem 24.12.44, Askold Kurow und Gaidai Wladimir, jetzt ist schon der 3.2.45. 40 Leute wurden gehängt. Wir haben schon 43 Tage gesessen, das Verhör geht zu Ende, jetzt sind wir mit dem Galgen an der Reihe. Ich bitte diejenigen, die uns kennen, unseren Kameraden auszurichten, dass auch wir in diesen Folterkammern umgekommen sind«, schrieb der russische Kriegsgefangene Askold Kurow. Als einer von ganz wenigen Gefangenen überlebte er den Gestapo-Keller – er konnte fliehen.

Wie seine, so stammen rund ein Drittel der Spuren von Russen und Ukrainern. Aber auch Französisch, Niederländisch, Polnisch, Englisch, Spanisch und natürlich Deutsch sind stark vertreten. Die elenden Umstände, unter denen die Menschen dort hausten, verschlimmerten sich zum Kriegsende hin noch einmal. Ursprünglich für maximal zwei Häftlinge geplant, waren die Zellen nun vollkommen überfüllt. In einem internen Schreiben vom November 1944 berichtete die Gestapo selbst von einer »acht- bis zehnfachen Überbelegung«. Und ein französischer Gefangener schrieb: »Die deutschen Sitten enthüllen sich besonders in

Zelle 6, wo die es fertigbringen, bis zu dreiunddreißig Menschen auf einmal hineinzupferchen.«

Bis auf die durch einen Wanddurchbruch veränderten Zellen 5 und 6 befinden sich die Räume der heutigen Ausstellung mehr oder weniger in ihrem Zustand des Jahres 1945. Besichtigt man sie heute, mag man sich die von jenem unbekannten Franzosen geschilderten Umstände gar nicht vorstellen.

EIN RECHTSPROFESSOR ALS BESETZER

Holls und Hubers Aktion wurde nicht zum Selbstläufer. Zwar hatte sie ein großes Medienecho ausgelöst, aber auf den angeordneten Baustopp folgte zunächst einmal: nichts. Wie so oft in Köln schien ein vielversprechendes Projekt an der Behäbigkeit der Behörden und dem mangelnden Interesse der Verantwortlichen zu scheitern.

Aber Holl und Kollegen ließen nicht locker. Mitte der 1980er besetzten sie die Amtsräume von Georg Simon, Leiter des Ordnungsamtes im EL-DE-Haus. »Das Rechtsamt wurde gestürmt«, schrieb die *Kölnische Rundschau* am 19. September 1987. Aber der überwältigte Amtsleiter »traute sich nicht, sein besetztes Büro von der Polizei räumen zu lassen«, schreibt Kurt Holl in seinen Memoiren. Grund dafür war die Teilnahme eines Besetzers, den man nicht so einfach abführen lassen konnte: Ulrich Klug (1913–1993), der international bekannte Professor für Strafrecht und Rechtsphilosophie an der Universität zu Köln. Noch im selben Jahr 1987 beschloss der Rat erneut, das EL-DE-Haus in ein NS-Dokumentationszentrum umzuwandeln. Und dieses Mal nahm die Sache dann auch tatsächlich Fahrt auf.

Unter der Regie der engagierten Stadtkonservatorin Hiltrud Kier wurden Keller und Inschriften restauriert. Was immer zu retten war, wurde freigelegt, entziffert und katalogisiert. Hinterlassenschaften der Gestapo, Informationstafeln und Fotos ergänzten die Sammlung, die im September 1988 schließlich in die Eröffnung des NS-Dokumentationszentrums mündete.

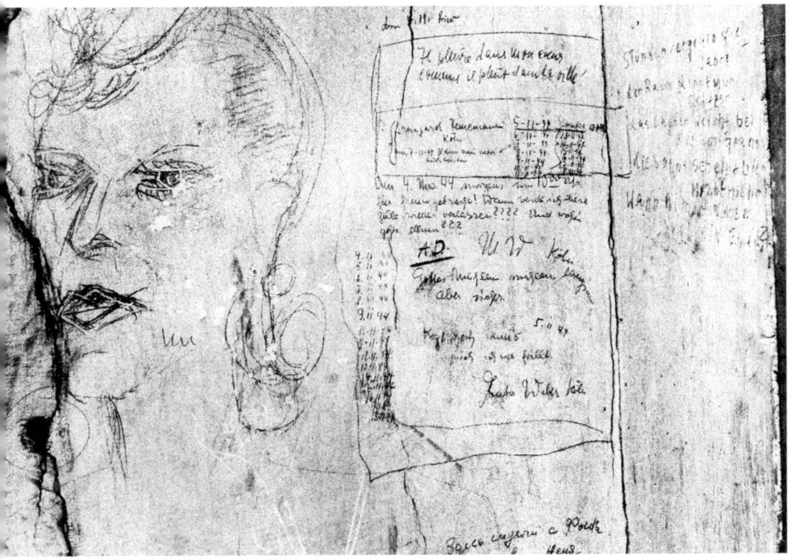
5-11-44
A.D.
Köln
5.11.44

Sammy Maedge ließ auch nach seinem Einsatz für das EL-DE-Haus nicht locker. 1980 wirbelte er während der *Photokina* Staub auf, als er an die Vergangenheit der Kölner Messe erinnerte: »Liebe Messebesucher! Bitte beachten Sie, dass in diesen Messehallen in der NS-Zeit ein Außenlager des KZ Buchenwald untergebracht war, durch das viele Menschen in den Tod geschickt wurden«, stand auf seinem Flugblatt. Auch Kurt Holl kämpfte weiter gegen das Vergessen und für diskriminierte Minderheiten. Im Kölner Stadtgedächtnis verankert ist vor allem sein Engagement für die Kölner Sinti und Roma. Aus seiner 1987 entstandenen Kölner Roma-Initiative ist der heutige Hilfsverein Rom e.V. hervorgegangen. Während Maedge und Holl später noch häufiger mit dem Gesetz in Konflikt gerieten, blieb der Einbruch in das EL-DE-Haus ungeahndet. Ihr gemeinsames Projekt, das »NS-Dok«, wurde über die Jahre zu einem international bekannten Dokumentations- und Forschungszentrum, das nicht zuletzt als Bildungsstätte für Jugendliche aus aller Welt dient. Wie alle Besucher können sie sich in all dem Elend immerhin an jener allerletzten Inschrift in Zelle 1 erfreuen: »Am Leben geblieben«, notierte dort am 30. Juni 1945 ein unbekannter Rückkehrer in kyrillischer Schrift.

STUBE

»ICH DACHTE ERST, DAS WÄRE EIN STEIN«

DER ROHRBOMBENANSCHLAG IN DER FERKULUM-STUBE

10. MÄRZ 1980

Die kleine Straße klingt nach einer Schweinerei: Im Ferkulum heißt sie, ist knapp 300 Meter lang und liegt zentral im Severinsviertel. Aber wie so oft täuscht der erste Eindruck. Der Name erinnert an keine irgendwie geartete »Ferkelei«, sondern geht auf abgeschliffenes Latein zurück: Ein *fericulum* war ein Tragegestell, ähnlich einem Rucksack. Mit seiner Hilfe lieferten die Bauern einst ihren Zehnten bei der Kirche St. Severin ab.

Im Köln der Nachkriegszeit galt Im Ferkulum als vergleichsweise ruhiges, unscheinbares Gässchen. Aber »eine Tracht Prügel gab's dort auch, wenn man da mal durch musste«, erinnert sich ein gebürtiger Südstädter. Wie an den Ringen ballte sich auch im Vringsveedel der 1960er und 1970er eine Menge krimineller Energie. Düstere Kaschemmen und zwielichtige Gestalten warfen einen Rotlichtschatten übers Viertel. Anfang der 1980er lagen sich Im Ferkulum, unfern der Severinstorburg, zwei nicht gerade gut beleumundete Etablissements direkt gegenüber: die *Ferkulum-Stube* (Nr. 30, heute *Weinladen*) und das *Chez Bijou* (Nr. 23, heute *Der Bootsmann*). Während das eine vorwiegend von Türken besucht wurde, lebte das zweite vor allem von deutschen Gästen. In beiden Kneipen verkehrten auch Prostituierte. In der *Ferkulum-Stube* treffe man »Frauen, die unsere Landsleute ein bisschen aufmuntern«, räumte später sogar das türkische Generalkonsulat ein.

Der 10. März 1980 ist ein Dienstag. Das Thermometer zeigt unter zehn Grad an, der Abend ist bewölkt und regnerisch. Der 21-jährige Ismail Kaya will in der *Ferkulum-Stube* einen Kaffee trinken. Um kurz nach 22 Uhr ist die kleine Kneipe voll besetzt, etwa 30 Menschen bevölkern Tische und Tresen. Wie aus dem Nichts zerspringt plötzlich eine der Bleiglasscheiben, ein Gegenstand fällt ins Innere. »Ich dachte erst, das wäre ein Stein«, erinnert sich Kaya. Um die Sache aufzuklären, macht er einen Schritt auf das Ding zu, aber da explodiert es auch schon. Eine Bombe, selbst gebastelt aus einem 30 Zentimeter langen Rohrstück, wie sich später herausstellen sollte. Stühle und Tische fliegen durch die Luft, Panik bricht aus. Der ohrenbetäubende Knall der Bombe ist in der ganzen Südstadt zu hören. Für den unmittelbar daneben stehenden Ismail Kaya wird der Anschlag lebenslange Folgen haben. »Ein Stahlteil krachte erst gegen den Rahmen der Tür, dann gegen mein Bein«, erzählte er später. Sein rechter Fuß wurde abgerissen, Fleischfetzen und die nackten Knochen waren alles, was davon übrig blieb.

Außer Kaya wird auch eine deutsche Frau schwer verletzt, ihr Name wurde nicht bekannt. Wer laufen kann, flieht in den Keller, aus dem es einen separaten Weg ins Freie gibt. Auch Sururi Arslan war damals dabei. Er führte die *Ferkulum-Stube* noch bis Anfang der 2000er Jahre. »Ich habe Ismail in den Keller geholfen«, erinnert er sich.

Der Täter und ein Helfer hatten entkommen können. Walter Volmer, damals Leiter des Kommissariats 1, nahm die Ermittlungen auf. Aber die gestalteten sich äußerst schwierig. Sämtliche Zeugen schwiegen, ebenso die Verletzten. Das bedeutete: Entweder war hier große Angst im Spiel, oder alle Beteiligten hielten sich an jenen Verbrecherkodex, der besagt, dass man nicht mit der Polizei redet. Die Kripo tappte im Dunkeln. Volmer ermittelte in zweierlei Richtung: Der Anschlag konnte sowohl ausländerfeindlich motiviert sein als auch eine Abrechnung im Verbrecher-

Im Ferkulum Nr. 23: In dem Ladenlokal befand sich einst das ›Chez Bijou‹.

Reste der selbst gebastelten Rohrbombe, die am 10. März 1980 die ›Ferkulum-Stube‹ traf

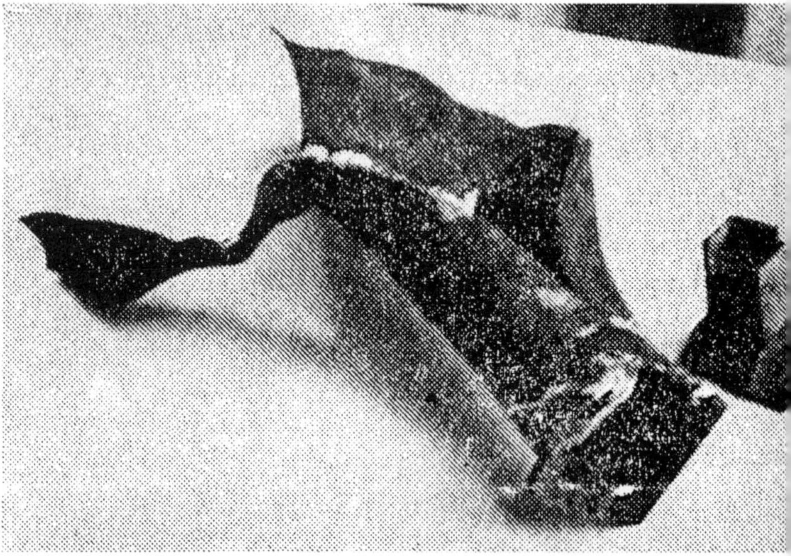

milieu zum Hintergrund haben. Beides sollte sich als gleichermaßen richtig wie falsch erweisen.

»OFFENSICHTLICH MARKE EIGENBAU«

»Die nächsten drei Monate hat unsere Mordkommission Tag und Nacht gearbeitet«, sagte Volmer. Der charismatische spätere Kripochef von Köln galt als jemand, der sich in einen Fall regelrecht verbeißen konnte. Zudem unterhielt er Kontakte zum Rotlichtmilieu, die ihm zuweilen bei Ermittlungen zugutekamen. Ein Jahr nach den Vorfällen Im Ferkulum sollte er in zwei überaus brisante Fälle involviert sein: die beiden Kindesentführungen Jochen Erlemann und Nina von Gallwitz (siehe Seite 143). In letzterer Angelegenheit gehörte Volmer zu jenen, die ohne Wenn und Aber an das Leben der kleinen Nina glaubten. Und die deshalb in Streit mit ihren Vorgesetzten gerieten, die die Schülerin längst abgeschrieben hatten.

Auch 1980 in der Südstadt weigerte sich Volmer, allzu schnell klein beizugeben. Erst ein Vierteljahr zuvor war vor einer leerstehenden Fabrikhalle an der Mülheimer Schanzenstraße ein Sprengsatz explodiert, der einen türkischen Vorbeter schwer verletzt hatte. Es war der erste Bombenanschlag in Köln, der sich gegen eine türkische Einrichtung richtete, die Halle hatte als Moschee gedient. Dass auch die Tat Im Ferkulum einen ausländerfeindlichen Hintergrund habe, konnte jedoch nicht verifiziert werden. Denn wie die Betroffenen schwiegen, so hakte es auch bei der weiteren Fahndung. Volmer präsentierte das verbogene Bombenrohr auf einer Pressekonferenz, um neue Zeugen zu generieren. »Offensichtlich Marke Eigenbau«, beschrieb Kriminaloberrat Günter Herkenrath das Objekt. »Die Arbeit eines Fachmannes sähe sicher anders aus.« Experten des Landeskriminalamtes hatten die Bombe genauer untersucht. Das Rohr war von den Tätern an beiden Enden mit dicken Überwurfmuttern verschraubt worden. Ein angeschweißtes Eisenstück sollte die brennende Lunte während des Flugs schützen.

Auch die befragten Anwohner brachten die Kripo nicht weiter. »Da war doch mindestens einmal am Tag die Polizei«, sagte eine Nachbarin. Einem Mann war ein grüner Citroën aufgefallen, der den ganzen Abend vor der Kneipe gestanden habe. Noch am Sonntag habe er »in dieser Türkenkneipe ein Bier getrunken. Mensch, wenn da die Bombe explodiert wäre ...« Außerdem wusste er über die *Ferkulum-Stube* zu berichten, dass da »immer willige und billige Frauen waren, mit denen sich die Türken die Zeit vertrieben«.

Die Wirtin der nahe gelegenen Gaststätte *An der Vringskirche* berichtete, sie habe bei dem Knall zunächst an ein explodiertes Bierfass gedacht. Sie habe nach draußen geblickt, und dann »liefen da zwei Männer, so schwarzhaarige Typen, einer war ganz groß, ganz schnell vorbei.« Sie sei sich »sicher, dass das Ausländer waren«. Ein anonymer türkischer Sozialarbeiter brachte die Spur schließlich auf »rechtsextreme Türken«. Die »Grauen Wölfe«, so der Mann, »kämpfen entschieden gegen die Prostitution«. Aber wo immer man ansetzte, man traf auf eine Mauer des Schweigens. »Die Türken, die wir befragt haben, verstanden alle (plötzlich?) kaum Deutsch«, schrieb die *Kölnische Rundschau*.

Lediglich eine brauchbare Spur verfolgten die Beamten. Ein anonymer Hinweis leitete den Verdacht auf den 24-jährigen Peter H., den Betreiber des *Chez Bijou* direkt gegenüber der *Ferkulum-Stube*. »Wir befragten ihn, doch er stritt alles ab«, erinnert sich Volmer. Eine der Öffentlichkeit unbekannt gebliebene Frau hatte H. für den Abend des 10. März ein Alibi verschafft.

Alle Untersuchungen versandeten. Niemand wurde verhaftet, niemand angeklagt, der Fall irgendwann zu den Akten gelegt. Es sollte mehr als 20 Jahre dauern, bis noch einmal Licht in die Sache kam.

DIE SOKO »MALÖR«

Die *Ferkulum-Stube* wurde in den nächsten Tagen zum Anziehungspunkt für Tatort-Touristen. Mit Faszination und Entsetzen bestaunten sie die Blutspuren an der Kneipentür, während vor dem zerstörten Fenster die Rollläden heruntergelassen worden waren. Ismail Kaya verbrachte nach dem Anschlag sechs Wochen im Krankenhaus. Seiner Leidenschaft, dem Fußballspielen, würde er nie wieder frönen können. Er verlor seine Arbeit bei den Ford-Werken, bald danach verließ ihn seine Freundin. Kaya kämpfte mit Selbstmordgedanken. Irgendwann eröffnete er ein Büdchen im Severinsviertel. Um nicht zu humpeln, ließ er sich einen orthopädischen Schuh anpassen.

Als im Juni 2004 eine Nagelbombe in der Keupstraße in Mülheim explodiert, denkt niemand an den lange zurückliegenden Anschlag in der *Ferkulum-Stube*. Ein halbes Jahr später jedoch tut sich ein überraschender Zusammenhang auf. Am 15. Dezember erhält die in Mülheim ermittelnde »Mordkommission Sprengstoff« ein anonymes Schreiben. Darin wird wiederum auf jenen Peter H. verwiesen, den die Fahnder bereits 1980 im Visier hatten. Der Mann, so heißt es dort, habe damals tatsächlich die Rohrbombe durch das Fenster der türkischen Kneipe geschmissen. Deshalb sei es durchaus möglich, dass er auch in der vor allem von Türken bewohnten Keupstraße zugeschlagen habe.

Für die Kripo-Beamten ist die »Spur Nummer 306« die heißeste, der sie bislang gefolgt sind. Schon wähnen sie sich der Aufklärung womöglich beider Fälle nahe. Die 46-jährige Verfasserin des anonymen Briefes wird ausfindig gemacht. Weil ihre Angaben so exakt wie glaubwürdig sind, wird auch der Fall um die *Ferkulum-Stube* neu aufgerollt. Schnell steht für die Beamten fest: Peter H., und niemand sonst, hat 1980 die Rohrbombe geworfen. Der Informantin gegenüber hatte er behauptet, selbst von der verheerenden Wirkung des Geschosses überrascht worden zu sein. »Ich wollte denen nur einen Schreck einjagen, aber niemand töten«, soll er gesagt haben. In Anlehnung an dieses Geständnis bekommt die ermittelnde SoKo den Namen »Malör«.

Ein Polizist vor der ›Ferkulum-Stube‹ nach dem Anschlag

Blieb die Frage nach dem Motiv für die Tat. Im Rahmen der neun Monate währenden Recherche der Kölner Kripo wurde auch Peter H. noch einmal vernommen. Wieder stritt er jedwede Verbindung zum Rohrbombenanschlag ab. Zudem schaltete er einen Anwalt ein: »Die Vorwürfe gegen meinen Mandanten sind an den Haaren herbeigezogen«, verkündete dieser, deshalb bestehe »kein hinreichender Tatverdacht«.

Aber die neuen Zeugenaussagen sprachen eine andere Sprache. Konfrontiert mit den Behauptungen aus dem Brief der ungenannten Informantin, lockerte sich die eine oder andere Zunge. Offenbar hatte das Attentat eine Auseinandersetzung zwischen den beiden Kneipenmilieus zum Hintergrund – hier die türkische *Ferkulum-Stube*, dort das deutsche *Chez Bijou*. Die Hauseigentümerin der *Ferkulum-Stube* lag überkreuz mit den Betreibern des Lokals – vor allem wegen der dort verkehrenden Prostituierten. Zunächst fand sie in dieser Angelegenheit keinen Zugriff. Schließlich nahm sich ihr Schwiegersohn der Sache an: Peter H. In der Folge soll es dann mehrfach zu massiven Auseinandersetzungen quer über die Straße gekommen sein. Fäuste, Messer und Eisenstangen seien dabei zum Einsatz gekommen, und zuletzt, so heißt es, hätten die Türken die Oberhand gewonnen. Peter H. schwor Rache. Gemeinsam mit seinem Vater machte er sich an den Bau einer Rohrbombe.

Noch heute erinnern sich ältere Südstädter an Peter H. und seine Familie. Wie sein Bruder galt er den Menschen aus dem Veedel als »sehr gefährlicher Typ«, der tief in das kriminelle Milieu der 1970er Jahre verstrickt war. Zeitgenossen wollen von Morden wissen, die mit H. in Zusammenhang standen, aber wirklich raus mit der Sprache will bis heute niemand: »Solche Leute sind sehr nachtragend, da lässt man besser die Finger von.«

Mit dem Anschlag in der Keupstraße hatte Peter H. letztendlich nichts zu tun. Wie sich später herausstellte, ging er auf das Konto des *Nationalsozialistischen Untergrunds* (NSU). In Sachen

Ferkulum-Stube hingegen galt H. als überführt, wurde jedoch nie für seine Tat zur Verantwortung gezogen. »Es ärgert mich schon ein bisschen, dass wir ihn damals nicht gekriegt haben«, sagte Polizeichef Walter Volmer 2007 der Presse. Aber die infrage kommenden Delikte »Schwere Körperverletzung« und »Herbeiführen einer Sprengstoffexplosion« waren nach 20 Jahren strafrechtlich verjährt.

»Meine Schmerzen verjähren nie«, erklärte demgegenüber das Opfer Ismail Kaya. Bis 2010 hätte er noch die Möglichkeit gehabt, mittels einer zivilrechtlichen Klage Schmerzensgeld einzufordern. Weder die Kölner Oberstaatsanwaltschaft noch das Amtsgericht wissen jedoch etwas von weiteren juristischen Schritten der Opfer. Auch bei der Kölner Polizei heißt es auf Nachfrage, dass es in den vergangenen Jahren »mangels Anhaltspunkten zu keiner Sachbearbeitung der Angelegenheit gekommen« sei. Dass wie Kaya keines der Opfer vor Gericht ging, gibt Anlass zu Spekulationen. Aber die Geschichte endet hier. Dem *Express* erzählte Ismail Kaya 2007, er hege keine Rachegefühle mehr gegenüber dem Bombenwerfer. Zu dem Zeitpunkt war er bereits vier Jahre verheiratet und Vater zweier Kinder.

149 TAGE

DIE ENTFÜHRUNG DER NINA VON GALLWITZ

18. DEZEMBER 1981

Am Morgen des 18. Dezember 1981 herrschen Minustemperaturen. Es ist noch dunkel, als sich die achtjährige Nina von Gallwitz gegen halb acht auf den Weg zur Bushaltestelle im heimischen Hahnwald macht. Sie wird dort jedoch nicht ankommen.

Später wird das Mädchen seinen Eltern erzählen, dass es bereits beim Verlassen des Hauses beobachtet wurde. Ein Mann mit einem braunroten Hut, Brille und Mantel habe sie verfolgt. Kurz darauf drückte er ihr einen durchtränkten Lappen aufs Gesicht. Das Mädchen verlor das Bewusstsein.

An der Bushaltestelle reagieren Ninas Schulkameradinnen aufmerksam. Schnell informieren sie die Mutter, Beatrice von Gallwitz. Vater Hubertus, der als Prokurist bei einer Kölner Bank arbeitet, sucht den Weg zur Haltestelle nach Spuren der befürchteten Entführung ab. Bald durchkämmt auch eine Hundertschaft der Polizei den waldreichen Nobelvorort. Aber die Suche bleibt vergeblich. Die bis dato längste Entführung der Bundesrepublik hat begonnen. Die nächsten fünf Monate wird die Familie zwischen Hoffen und Bangen verbringen.

Gerade einmal zwei Monate zuvor waren die Kidnapper von Johannes Erlemann verurteilt worden. Wie Nina stammte auch er aus dem Hahnwald. Der elfjährige Junge war am 6. März auf dem Heimweg von seinem Fahrrad gezerrt worden und hatte 14 Tage in einer nur 1,50 Meter breiten, 2 Meter langen Kiste verbracht. Erschwerend hinzu kam für die Familie, dass Vater Jochem, ehemals Präsident der Kölner Haie, zur Zeit der Entführung wegen Betrugsverdachts in Untersuchungshaft saß.

Nina von Gallwitz kommt im Auto der Kidnapper wieder zu sich. Man hat sie nicht in den Kofferraum gesperrt, ihr jedoch eine Decke über den Kopf gezogen. Schon gegen Mittag melden sich die Entführer erstmals bei der Familie. Per Telefon spielen sie ein Tonband mit Ninas Stimme ab. »Ich bin von zwei Männern entführt worden, sie werden sich schriftlich bei euch melden«, wurde ihr diktiert. Außerdem warnten die Gangster davor, die – längst eingeschaltete – Polizei zu informieren. Immerhin gelingt es in dieser Anfangszeit, Presse und Öffentlichkeit im Dunkeln zu lassen.

Im Versteck eingetroffen, wird Nina der Schulranzen weggenommen. Am zweiten Tag der Entführung findet man ihn im Hahnwald, ein paar Hundert Meter vom Haus der Familie von Gallwitz entfernt. Die Polizei geht davon aus, dass es sich um ein Ablenkungsmanöver der Täter handelt – warum auch immer. Am selben Tag trifft dann auch die erste Lösegeldforderung ein, die ungewöhnlicher nicht sein könnte. Denn sie enthält keine konkrete Summe, sondern die Aufforderung an die Eltern, so viel zu geben, wie ihr Kind ihnen wert sei.

Ein böses Spiel beginnt, bei dem die Kidnapper am längeren Hebel sitzen. Sie haben das Mädchen in ihrer Gewalt, und im Gegensatz zu den meisten anderen Entführern scheinen sie auch viel Zeit zu haben. Vater Hubertus solle jeweils montags und mittwochs per Funk auf einer bestimmten Frequenz auf eine Kontaktaufnahme warten, haben die Entführer gefordert. Erst am

Nina von Gallwitz als Schülerin

Polizisten vor der Durchforstung des Waldes im Dezember 1981

21. Dezember kommt sie zustande. Von Gallwitz bietet 800.000 Mark als Auslöse für seine Tochter, aber es dauert zwei weitere Tage, bis die Kidnapper reagieren. Sie nehmen das Angebot an, fordern gebrauchte Geldscheine und kündigen an, jede gescheiterte Übergabe erhöhe den Betrag um 50.000 Mark. Im Gegenzug finden die Eltern einen weiteren Lebensbeweis Ninas im Briefkasten. Auf einer Kassette beantwortet sie von der Familie vorformulierte Fragen: welches Teil an ihrem Fahrrad defekt sei (der Sattel) und welche Farbe ihr Bett habe (Blau).

Schon am Heiligabend hätte Nina von Gallwitz wieder frei sein können. Aber die erste Übergabe platzt. Zwar hatte Hubertus von Gallwitz wie befohlen mit einer Tasche voller Geld im D-Zug 720 gesessen, aber er war nicht allein. Mehr als 100 Polizisten hatten sich über die Abteile verteilt. Offenbar hatten die Entführer dies bemerkt, das Funksignal für den Abwurf des Geldes blieb aus.

Fünf Tage vergehen bis zum nächsten Kontakt. Am 29. Dezember übersenden die Kidnapper der Familie die Route für einen Hubschrauberflug, der den nächsten Übergabeversuch einleiten soll. Der Betrag hat sich nun auf 850.000 DM erhöht. Aber wieder halten sich die Ermittler nicht an die Vorgaben. Statt des geforderten Zweipersonen-Fliegers steigt ein Vier-Mann-Hubschrauber des Bundesgrenzschutzes in die Luft, bestückt mit diversen Spezialgeräten. Sei es, dass die Täter auch hier wieder die Falle wittern oder dass die avisierte Funkfrequenz gestört ist – die Übergabe kommt wieder nicht zustande.

Polizei und Familie ändern daraufhin ihre Taktik. Am Neujahrstag 1982 wird via Radio die Öffentlichkeit informiert. Für Hinweise, die zu Ninas Befreiung führen, werden 100.000 DM ausgelobt. Im Gegenzug erhöhen die Entführer die Lösegeldsumme auf nunmehr 1,2 Millionen DM. Außerdem soll die Kommunikation fortan chiffriert über Tageszeitungen laufen und ein unabhängiger Vermittler für den reibungslosen Austausch von Informationen sorgen. Der von den Kidnappern vorgeschlagene Kölner Dompropst Heinz Werner Ketzer (1914–1984) wird von der Familie akzeptiert.

AUCH DIE DRITTE ÜBERGABE SCHEITERT

Wieder vergeht viel Zeit ohne ein fruchtbares Ergebnis. Am 19. und am 30. Januar treffen weitere Kassetten mit Ninas Stimme im Hahnwald ein. Domprobst Ketzer verliest in den Hauptnachrichtensendungen des ZDF und der ARD eine von den Entführern vorformulierte Erklärung. Auch der nächste Übergabeversuch soll per Hubschrauber erfolgen. Und aufs Neue fordern die Gangster: keine Polizei! Aber auch an jenem 5. Februar geht die Sache schief.

Anstatt sich an die Anweisungen zu halten, will die Polizei den Hubschrauber mit einem *Phantom*-Aufklärungsflugzeug begleiten, das den Bodenraum mit Wärmebildkameras aufnehmen könnte. Die aufwendige Aktion verzögert sich jedoch, sodass der Helikopter mit von Gallwitz und der Geldtasche 55 Minuten zu spät startet. Wieder verschwinden die Entführer vorzeitig und melden sich stattdessen Tage später bei den Eltern: »Alles kaputtgemacht«, beginnt das Schreiben, »es handelt sich nur um Lügen. Wir haben kein Vertrauen mehr, der Hubschrauber ist nicht gekommen. Wir haben 15 Minuten gewartet. Wir haben keine Angst vor der Fahndung, die ist uns egal.« Bis Nina freikomme, könne es nun noch lange dauern.

Trotz mittlerweile dreier gescheiterter Übergaben setzt die Familie noch immer auf die Kooperation mit der Polizei. Am 11. Februar stimmt sie einer Großfahndung zu – 65 Beamte bilden nun eine Sonderkommission für den Fall. Gleichzeitig erhöhen die Eltern die Belohnung auf 250.000 DM.

Bei einer Prozession im März 1982 beten in Köln 500 Menschen für Ninas Rückkehr. Hunderte Hinweise aus der Bevölkerung treffen in den nächsten Wochen ein. Aber wie diese, so führt auch die Fahndung der Kripo zu keinerlei Erfolg. Am 11. März, das kleine Mädchen befindet sich nun schon fast drei Monate in der Hand der Entführer, sind Beatrice und Hubertus von Gallwitz mit ihrer Geduld am Ende. Sie beenden die Zusammenarbeit mit der Polizei vollständig und ziehen die ausgesetzte Belohnung zurück. Stattdessen setzen sie nun auf die Fähigkeiten zweier privater

Fundort von Ninas Schulranzen im Hahnwald

Die Eheleute von Gallwitz bei einer Pressekonferenz am Neujahrstag 1982, links Pfarrer Wolfram Krusenotto, rechts Rechtsanwalt Viktor Achter

Vermittler: des Journalisten Franz Tartarotti (geb. 1941) sowie des ehemaligen BKA-Kriminaldirektors Hans Fernstädt (geb. 1939).

DER »FÜNF-ZEILEN-CÄSAR«

Franz Tartarotti galt als journalistischer Tausendsassa und hatte als Kriegsberichterstatter in Vietnam und Afghanistan gewirkt. Viel wichtiger jedoch: Er hatte bereits 1980 einmal erfolgreich für die Freilassung von Entführungsopfern gekämpft. Die beiden Kinder sowie ein Neffe seines Freundes, des *heute-journal*-Moderators Dieter Kronzucker, waren in Italien gekidnappt worden. Dank Tartarottis Geschick kehrten sie nach 68 Tagen wohlbehalten nach Hause zurück. Danach hatte der Südtiroler eigentlich nicht mehr als Vermittler agieren wollen. »Ich war auf dem Sprung nach Afrika, als meine Frau mir aus der Zeitung von der Entführung Ninas vorlas«, erzählte er dem *Spiegel*. Hans Fernstädt wiederum war durch einen Bekannten der Familie von Gallwitz angesprochen worden. Anfang 1982 arbeitete der einstige BKA-Sprengstoffexperte als Sicherheitsbeauftragter eines Elektrokonzerns in Mannheim. Der fantasiebegabte Tartarotti und der Analytiker Fernstädt: ein heterogenes Team, auf dem nun die Hoffnungen der Eltern ruhten.

Die erste Aufgabe des Duos bestand darin, den abgebrochenen Kontakt zu den Entführern wieder herzustellen. »Das war ungeheuer schwer, weil wir ja in einer zuvor von der Polizei versauten Atmosphäre anfangen mussten«, sagte Tartarotti. »Dem Vater der Familie wurde nicht mehr geglaubt, der Kirche nicht. Und die Polizei war am Ende. Was blieb übrig?«

Parallel zur schwierigen Kommunikation hatten die privaten Vermittler mit Drangsalierungen durch die Kölner Behörden zu kämpfen. Ein Spitzenmann des BKA habe ihm dringend geraten, die Finger von dem Fall zu lassen, erklärte Tartarotti später. »Das ist eine Nummer zu groß für dich«, hieß es. Und weil Tartarotti angeblich Details der Kronzucker-Entführung verraten hatte, drohte der Mann ihm Gefängnis an: »Das kann dich jederzeit zwei Jahre kosten.« Wie sich im Nachhinein herausstellte, wurden Tartarotti wie Fernstädt damals sowohl beschattet als auch abgehört.

Am 15. März bieten Tartarotti und Fernstädt den Entführern über Zeitungsanzeigen neue Gespräche an. Ihnen sei »klar geworden, dass Sie am Misslingen der Auslösungsversuche die Schuld nicht tragen«, versuchen sie das Vertrauen der Kidnapper zu gewinnen. Und tatsächlich lassen sich diese auf das neue Vermittlerduo ein. Sie schlagen vor, zukünftig über einen Diplomaten-Code aus der Weimarer Republik zu kommunizieren. Der sogenannte »Fünf-Zeilen-Cäsar« basiert auf einem recht komplizierten mathematischen Chiffriersystem, das seine Wurzeln im 16. Jahrhundert hat.

Um endlich voranzukommen, setzten die Vermittler auf klare Ansagen. »Wir haben denen minuziös unter Quellenangabe belegt, warum was nicht geht. Das haben sie offenbar nachgeprüft (...) und haben dann feststellen müssen: Unsere Angaben stimmten«, sagte Fernstädt später dem *Spiegel*. Aber die Mühlen mahlen langsam, die Leidenszeit von Nina und ihren Eltern will kein Ende nehmen. Über neun weitere Wochen ziehen sich die Verhandlungen, bis am 10. Mai Anweisungen für eine neue Übergabe eintreffen. Das Lösegeld hat sich auf 1,5 Millionen Mark erhöht.

BIENE MAJA, BUSSI BÄR UND BIMBO

Nur Nina selbst und die Entführer wissen, wie das Mädchen seine Gefangenschaft erlebt. Weitere Stimmaufnahmen sowie ein handgeschriebener Brief an Tartarotti scheinen zu belegen, dass Nina von Gallwitz in akzeptabler Verfassung ist. Wie sie ihren Eltern später erzählte, wurde sie von ihren Entführern weder bedroht noch misshandelt. Auch Fesseln habe man ihr nie angelegt. Stattdessen seien beide Täter, vermutlich ein Mann und eine Frau, gleichbleibend freundlich zu ihr gewesen.

Aus Ninas Angaben schlossen die Ermittler später, dass sie wohl in einem älteren Ein- oder Zweifamilienhaus gefangen gehalten wurde. Auffällig war das recht große Badezimmer. Es verfügte über ein für jene Zeit ungewöhnliches Doppelwaschbecken und war mit blauem Teppichboden ausgelegt. Ungewöhnlich zudem, dass Ninas zweiflügliges Fenster asymetrisch geteilt war – ein Merkmal, das auch von außen hätte entdeckt werden können. Verschiedene Details deuten darauf hin, dass das Haus in einer ländlichen, hügeligen Landschaft stand. In Frage kam für die Polizei später vor allem das Bergische Land im Osten von Köln. Aber das Haus wurde niemals identifiziert.

Hinreichend erkannt hat Nina keine der beiden Personen. Bevor ein Entführer den Raum betrat, hatte sie stets eine Augenbinde anlegen müssen. Ihr Gefängnisraum muss nach ihren Beschreibungen in einem Anbau gelegen haben, den man zwischen zwei Etagen erreichte. Ein Heizgerät mit einem Ventilator wärmte das Zimmer, das stets abgedunkelt und nur mit einer Taschenlampe zu erhellen war. Es war ausgestattet mit Weichholzschränken, einem Schreibtisch samt Stuhl und einer Liege – der Raum habe auf sie wie ein ehemaliges Büro gewirkt. Durch einen Vorhang hindurch habe sie Sträucher und Baumwipfel sehen können. Gegen die Angst und die Langeweile habe man sie mit Büchern, Comics und Märchenkassetten versorgt. Die *Biene Maja* sei darunter gewesen, auch *Bussi Bär* und das Bastelheft *Bimbo*.

Schwer zu deuten ist, was das Mädchen hörte bzw. was ihm erzählt wurde. Hin und wieder seien Kinderrufe und Hundegebell in ihre Zelle gedrungen. »Nein, Mami, nein!«, habe eines Tages eine Kinderstimme gerufen, und eine Frau habe geantwortet: »Du hast es schwer mit deiner Mami.« Aber wie dieser Dialog fingiert gewesen sein könnte, so auch weitere Auskünfte der Täter: Sie seien Griechen und hätten Zwillingskinder.

FREI NACH 149 TAGEN

Am 12. Mai 1982 sollte es so weit sein – eine neue Übergabe war geplant. Wieder hatte Nina die Modalitäten auf Kassette sprechen müssen. Franz Tartarotti habe den Nachtzug von Dortmund nach Basel zu besteigen, allein. Das Licht im Abteil habe permanent zu leuchten. Tartarotti hielt sich an die Vorgaben. Mit 1,5 Millionen

Mark in der Tasche wartete er im Zug auf das verabredete Funksignal. Als er es um 0.38 Uhr kurz vor Andernach empfängt, öffnet er ein Fenster im Gang und wirft das Geldpaket nach draußen. »Ich habe im Kronzucker-Fall schon einmal viereinhalb Millionen transportiert. Geld ist Papier für mich«, behauptet er später ziemlich abgebrüht. Bald darauf erhält Tartarotti ein weiteres Funksignal: »Tasche und Abwurfstelle gesehen«, besagt es, und schließlich: »Geld sauber angekommen.«

Die Entführer haben es nun in der Hand. Das Leben des Mädchens hängt davon ab, ob auch sie sich an die Vereinbarungen halten. Diese sehen vor, dass Nina nun innerhalb der nächsten 72 Stunden freigelassen wird. Und die Hoffnungen werden wahr. Drei Tage darauf wird Nina in ein Auto verfrachtet. Ihre Augen sind mit einer Mullbinde umwickelt. Gegen 23 Uhr setzen die Kidnapper ihr Opfer an der A3 nahe dem Autobahnrastplatz Ohligser Heide bei Solingen ab. Sie erhält die Order, sich der Raststätte zwar zu nähern, aber vorerst an einer bestimmten Wand stehen zu bleiben. Sie soll auf das Klingeln des Weckers warten, der auf 24 Uhr eingestellt ist. Zusammen mit einem Plüschtier, das die Entführer ihr geschenkt haben, befindet er sich in einer roten Sporttasche.

Aber Nina muss nicht bis Mitternacht ausharren. In der schwülen Nacht des 16. Mai will ein Angestellter des Rasthofes an die Luft. Um 23.30 Uhr entdeckt der Pakistaner das kleine Mädchen, das wie gebannt auf die neben ihm stehende Tasche starrt. Auf seine Fragen antwortet Nina nur, dass sie nichts sagen dürfe. Der Mann versucht sie zu beruhigen: Sie sei für ihn wie eine kleine Schwester, sagt er. Als das Mädchen zu weinen beginnt, bringt er es in die Raststätte. Dort übergibt ihm Nina einen Zettel, ausgerissen aus einer griechischen Zeitung und beschriftet mit der Telefonnummer von Franz Tartarotti in Bornheim. Weil der Angestellte diesen nicht sofort erreicht, informiert er zunächst die Polizei.

Nina von Gallwitz wird zur Polizeiwache Solingen-Ohligs gebracht. Kurz darauf erreichen Franz Tartarotti und Hubertus von Gallwitz die Raststätte. Weil Letzterer seinen Ausweis vergessen

Stoffhund des Mädchens aus der Zeit der Gefangenschaft

Bittprozession für Ninas Rettung am 4. März 1982 zur Schwarzen Muttergottes in der Kupfergasse

hat, verweigern die dort postierten Beamten ihm zunächst jede Auskunft. Es kommt zum Streit, in den sich auch Tartarotti einschaltet: »Als die Polizei auf uns zukam und uns nicht zu dem Kind lassen wollte, da habe ich die Polizisten erst einmal fotografiert. Ich habe Emotionsausbrüche gehabt, die so weit gingen, dass ich mir fast einen Polizisten geschnappt hätte«, sagt er. Die beiden Männer werden schließlich an die Polizeistation verwiesen, wo Ninas Mutter Beatrice bereits wartet. Nach 149 Tagen Gefangenschaft schließen die Eltern ihre Tochter wieder in die Arme.

PANNEN BEI DER POLIZEI

»Ist die Polizei schuld daran, dass die entführte Schülerin Nina von Gallwitz 149 Tage lang gefangen gehalten wurde?«, fragt der *Spiegel* im Mai 1982. Auch Tartarotti und die Gallwitz-Familie geben den Ermittlern die Hauptverantwortung für die scheinbar endlose Gefangenschaft des Mädchens. Und tatsächlich liest sich die Geschichte der Fahndung wie eine einzige lange Pannenkette.

Ein Grund dafür war offenbar, dass die Spitzenbeamten in zwei Lager gespalten waren. Das dominantere von beiden ging während der langen Funkstille davon aus, dass die entführte Nina längst tot sei. Zu ihr gehörte etwa Kripochef Manfred Gundlach. Herbert Mertens hingegen, der Leiter der Sonderkommission, plädierte zum Schutz des Mädchens für äußerste Zurückhaltung bei den Ermittlungen. »Der wäre besser Pastor geworden«, verspottete ihn Gundlach. Ähnliches erlebte Unterhändler Tartarotti laut eigener Aussage beim Kölner Polizeipräsidenten Jürgen Hosse. »Das Mädchen ist tot. Wir müssen nur noch die Leiche finden«, habe er den Journalisten beschieden.

Während die Eltern um das Leben ihrer Tochter bangten, hatte ein Großteil der Ermittler sie offenbar längst abgeschrieben. Den Behörden ging es nur noch um die Ergreifung der Täter und die Sicherstellung des Lösegeldes. Zwischenzeitlich setzten sie nach dem Rückzug der Eltern sogar ein eigenes Lösegeld aus – und torpedierten damit die Bestrebungen der Familie. Kein Wunder, dass Hubertus von Gallwitz für die Familie erklärte, man habe sich »falsch beraten« gefühlt und sich schließlich »völlig von der Polizei abgeseilt«.

»Die einen Kräfte, allen voran der Kripo-Chef, hatten wohl mehr im Sinn, sich einen Lorbeerkranz für die Ergreifung der Täter flechten zu lassen«, sagte Tartarotti im *Spiegel*-Interview nach Ninas Freilassung. »Ich lasse mich nicht mit Dreck bewerfen«, konterte Kripochef Gundlach, um der Familie sodann Gleiches anzutun: »Es gibt Leute, denen kann man nicht raten.«

Festzuhalten bleibt, dass drei Geldübergaben fehlschlugen, weil die Kölner Polizei nicht sauber gearbeitet hatte. Das Leben des Mädchens war dadurch extrem gefährdet worden – nicht wenige Entführungen endeten mit der Ermordung des Opfers, weil die Kidnapper irgendwann die Nerven verloren. Auch der BKA-erfahrene Hans Fernstädt kritisierte die Behörden später massiv. »Solange über die Freilassung verhandelt wird, darf nicht getrickst, dürfen keine Fallen gestellt werden«, sagte er. In Zukunft müsse man über Spezialkräfte wie die GSG 9 nachdenken, anstatt das den zumeist überforderten Beamten vor Ort zu überlassen. »Wir können nicht warten, bis alle Großstadtpolizeien endlich ihre Entführung gehabt haben.«

RÄTSEL UND SELTSAMKEITEN

Der Entführungsfall Nina von Gallwitz steckt bis heute voller Fragezeichen. Das größte betrifft die beiden Entführer. »Peter« und »Paul« nannten sie sich. Den männlichen Peter beschrieb Nina von Gallwitz im Nachhinein als groß und kräftig, er habe Ansätze von grauen Haaren, einen Bart und eine auffällig tiefe Stimme gehabt. Bei Paul hingegen soll es sich um eine Frau gehandelt haben. Unter ihrer Augenbinde habe sie den Ansatz eines Busens erkannt. Ebenso wiesen die schmalen weißen Hände, ein roter Rock sowie blau karierte Damenpantoffeln der Größe 37 oder 38 auf eine weibliche Täterin hin. Laut Nina sei sie schlank gewesen und habe ihr Haar kurz getragen.

Autobahn bei Westhoven: Versteck einer Nachricht der Entführer an Vermittler Franz Tartarotti, 11. Mai 1982

Ermittler und Medien waren sich schnell einig, dass diese Kidnapper keine Laien waren. Im Gegenteil bewiesen sie Intelligenz und verfügten über ungewöhnliche technische Kenntnisse. Sie beherrschten ein historisches Chiffriersystem, konnten funken und waren mit dem deutschen Schienen- und Autobahnnetz ebenso vertraut wie mit den Einsatzmöglichkeiten von Hubschraubern. Auch dass sie Menschen wie den Kölner Domprobst Ketzer und den zwischenzeitlich eingeschalteten Bundestagspräsidenten Richard Stücklen kannten, spricht für ihre Bildung.

Ein Glück für das Entführungsopfer dürfte das große Selbstbewusstsein der Täter gewesen sein. »Haben die Entführer gefordert, dass Sie nach Abwicklung der Geldübergabe und der Freilassung schweigen?«, fragte der *Spiegel* den Unterhändler Tartarotti. Aber der verneinte: »Im Gegenteil, das habe ich angeboten. Aber sie haben mir ganz selbstsicher gesagt, nach der Freilassung könnte ich Presse und Polizei in vollem Umfang informieren.«

Die Professionalität der Kidnapper war in Deutschland ohne Beispiel. Ein solches Vorgehen kannte man allenfalls aus Italien, wo seit den 1970er Jahren eine regelrechte »Entführungsindustrie« ihr Unwesen trieb. Auffällig waren auch die Länge der Entführung sowie die Ruhe der Täter währenddessen. Nie zuvor in der Geschichte der Bundesrepublik hatte sich ein Mensch 149 Tage in der Gewalt von Kidnappern befunden. »Normale« Entführer sind an einer möglichst schnellen Geldübergabe interessiert. In diesem Fall jedoch ließen die Täter zwischenzeitlich Wochen verstreichen, ehe sie wieder Kontakt zu den Angehörigen aufnahmen. Völlig ungewöhnlich war schließlich die Geldforderung der Entführer. Anstatt eine konkrete Summe zu nennen, konfrontierten sie die Eltern mit der Frage: »Was ist euch eure Tochter wert?«

Bis heute steht die Vermutung im Raum, dass es den Tätern nicht in erster Linie um das Geld ging. Eher impliziert die perfide Frage, dass da Rache, Hass oder Eifersucht gegenüber der Familie von Gallwitz eine Rolle spielen könnten. Angeblich sollen die Entführer gegenüber der kleinen Nina schlecht über deren Eltern gesprochen haben. Gleichzeitig hätten sich beide um ein vertrauensvolles Verhältnis zu dem Mädchen bemüht. Vor allem die Frau habe versucht, eine Art Mutter-Tochter-Beziehung aufzubauen.

Die vielen gescheiterten Übergaben führten die Vermittler Tartarotti und Fernstädt zudem zu der Vermutung, dass es im Umfeld der Familie einen Mittelsmann gebe. Tatsächlich behauptete der schillernde Franz Tartarotti, dass ihm dies nach Ablauf der Verjährungsfrist (2002) telefonisch bestätigt worden sei. Und noch während der Entführung bekamen die allgemeine Verunsicherung und die damit verbundenen Spekulationen weitere Nahrung durch einen tragischen Unfall. Ausgerechnet in der Nacht vor Ninas Freilassung war ihr Großvater mütterlicherseits auf die Jagd gegangen. Dabei stürzte er vom Hochsitz und starb unter Umständen, die vielleicht nicht ungeklärt blieben, aber niemals bekannt wurden.

Beim Fall »von Gallwitz« handelt es sich um die einzige im Sinne der Täter »erfolgreiche« Entführung der BRD-Geschichte. Die Kidnapper bekamen das Geld und wurden nie entdeckt, geschweige denn bestraft. Tausende Hinweise waren bei der SoKo eingegangen, die Fernsehsendung *Aktenzeichen XY* hatte ausführlich berichtet. Nina von Gallwitz selbst hatte zahlreiche Details geliefert. Vermittler Tartarotti übergab der Polizei Briefe der Entführer, die Speichelproben ermöglichten. Sie führten jedoch ebenso wenig zum Ziel wie ein früher Telefonmitschnitt von Hubertus von Gallwitz, der einen Stimmfetzen der Entführer enthielt. Den Satz »Er hat die Scheißbullen bei sich«, konnte man damals bei einem Telefonansagedienst abhören.

Hin und wieder tauchten immerhin ein paar Scheine aus dem Lösegeld auf. Tartarotti und Fernstädt hatten die Geldscheine 18 Stunden lang abfotografiert, damit sie sich später identifizieren ließen. Ein erster Tausender wurde in einer Wechselstube am Essener Hauptbahnhof eingetauscht. Im Dezember 1982 fanden Kinder in einem Waldstück bei Meinerzhagen mehrere Tausend D-Mark aus der Beute. Und im selben Monat versuchten vier Männer türkischer Abstammung, in der Türkei 400.000 DM aus dem Lösegeld umzutauschen. Weil es sich bei ihnen unmöglich um die Entführer handeln konnte, wurden sie lediglich wegen Fundunterschlagung verurteilt. Im Jahr 1990 schließlich brachte die Bundesbank eine neue Serie von D-Mark-Scheinen in Umlauf. Große Mengen alter Banknoten wurden in diesem Zusammenhang aussortiert. Sehr wahrscheinlich wurden damit auch die letzten Reste des Lösegelds vernichtet. Seit Mai 2002 ist die Strafsache zudem verjährt.

WIEDER ZU HAUSE

Ninas Rückkehr in den Hahnwald war ein Medienereignis. Fotografen belagerten das Haus der Familie, ARD und ZDF hievten Sondersendungen ins Programm. Exklusivrechte hatte man an die Illustrierte *Quick* verkauft, um die Kosten für das Lösegeld zu kompensieren. Einen ganzen Mittag lang läuteten im Hahnwald die Kirchenglocken, um Ninas Heimkehr zu feiern. Sogar Papst Johannes Paul II. gratulierte – mit einem Rosenkranz aus dem Vatikan.

Weil das Mädchen kurz vor Weihnachten entführt worden war, holte die Familie die Feier im Mai nach. Drei Tage nach ihrer Freilassung packte Nina ihre Geschenke aus, während im Fenster die Christsterne hingen, die sie selbst für den Heiligabend gebastelt hatte. Auch die Hahnwalder Pfarrkirche zog mit. Im Gedenken an das Mädchen hatte man die Weihnachtskrippe stehen lassen, die von Hunderten Kerzen beleuchtet wurde. Endlich konnte man nun den Stacheldraht rund um den Stall – installiert als Symbol der Gefangenschaft – wieder entfernen.

Körperlich hatte Nina von Gallwitz ihre Gefangenschaft gut überstanden. Auch psychisch schien sie die Entführung recht gut verdaut zu haben. Am 11. Juni 1982 besuchte die Achtjährige erstmals wieder die Schule. Es gelang ihr, den verpassten Stoff aufzuarbeiten, wenige Wochen später wurde sie in die dritte Klasse versetzt.

Ihre Eltern erlaubten zwar die Betreuung durch Ärzte und Psychologen, jedoch keinen weiteren Kontakt zur Polizei. Das

Pfarrer Krusenotto neben der Weihnachtskrippe in der Hahnwalder Pfarrkirche

Verhältnis zu den Ermittlern war zu zerrüttet, als dass man eine Vernehmung des Mädchens gestattet hätte. Sämtliche Informationen Ninas stammten stattdessen von Bändern, die die Eltern selbst mit ihr aufgenommen hatten. Und als sie damit fertig waren, legten sie auch für sich diesen Fall zu den Akten. »Wir haben damit abgeschlossen«, sagte Vater Hubertus von Gallwitz, und auch Tochter Nina wollte nicht mehr auf ihre Entführung angesprochen werden. Sie meidet die Öffentlichkeit und lebt unauffällig. Es heißt, sie sei Designerin und wohne in Berlin.

AFFE MENSCH

DER TOD DES SCHIMPANSEN PETERMANN

10. OKTOBER 1985

Ralf C. arbeitete noch nicht lange im Kölner Zoo. Aber offenbar vertraute man dem 19-Jährigen bereits nach kurzer Zeit. Am 10. Oktober 1985 absolvierte der Hilfstierpfleger seinen ersten Solo-Schließgang – und beging einen verhängnisvollen Fehler.

Jenseits des Rheins ist die Sonne aufgegangen, ein goldener Herbsttag steht an. Ralf C. prüft die Gitter der Affenkäfige, zur Kontrolle werden die Türen einmal ent- und wieder verriegelt. Keine große Sache eigentlich, aber auch hierbei ist eine gewisse Routine vonnöten. Beim Gehege von Petermann und Susi, den beiden Schimpansen, ist C. einen Tick zu nachlässig. Zwar schiebt er den Riegel wieder vor, aber nicht bis zum Einrasten.

Die beiden Schimpansen lassen sich nicht zweimal bitten. Jahrzehntelang haben sie nichts anderes gesehen als die enge Käfigzelle. Nun lockt die Freiheit. Petermann und Susi stoßen die Tür auf und jagen nach draußen. Ralf C. ist noch nicht weit gekommen, nun steht er den Flüchtenden im Weg. Wie geübte Straßenrowdys schlagen sie ihn nieder, hechten über ihn hinweg.

Just in diesem Moment betritt zufällig der Zoochef persönlich das Affenhaus. Gunther Nogge (geb. 1942) ist Primatenforscher und leitet Kölns Zoologischen Garten seit 1981. Was ihm an jenem Morgen widerfuhr, beschrieb er so: »Die beiden Schimpansen sahen mich und haben sich sofort auf mich gestürzt. Dann wollte ich mich wieder retten, durch diesen Besucherraum in die Futterküche, und da war dann die Auseinandersetzung. Ich habe die Tür nicht mehr schnell genug zu bekommen, da ist es passiert.«

Nogge hatte keine Chance. Schimpansen sind nicht nur kräftiger, sondern auch schneller als Menschen. Und in diesem Fall agieren sie zudem rasend vor Wut und mit extremer Härte. Der Zoochef wird in den Kopf und das Gesicht gebissen. Als er seine Hände schützend erhebt, trennt ihm eines der Tiere den rechten Mittelfinger ab. Erst als er blutend zu Boden geht, lassen Petermann und Susi von ihrem scheinbar leblosen Opfer ab. Sie hätten sich wohl »gewundert, dass ich mich nicht nach Schimpansenart wehren konnte«, glaubt Nogge, und »meinten wahrscheinlich, ich gäbe auf diese Weise meine Unterlegenheit zu«.

Die Tiere suchten das Weite. Der *Express* schrieb am nächsten Tag, Gunther Nogge sei »zerfleischt« worden.

ZIMMER MIT KLETTERGERÜST

Der Schimpanse Petermann wurde wohl um 1947 geboren und stammte aus Tansania in Ostafrika. Auf einem Bananendampfer trat er die Reise nach Europa an und ging zunächst in Holland an Land. Kurz vor der Ankunft war Petermanns Mutter verstorben, der kleine Schimpanse kam als Waise in die neue Welt. Seine ersten Monate verbrachte er im Haus eines niederländischen Tierpflegers, dessen Frau ihn sogar mit in ihr Bett genommen haben soll. Möglicherweise war dies der erste Schritt einer fatalen Entwicklung – hin zu einer nicht artgemäßen Vermenschlichung des kleinen Schimpansen.

In einem weißen Strickjäckchen und ohne jede Scheu vor unbefellten Zweibeinern gelangte Petermann 1950 nach Köln. Ein erster Versuch, den Einjährigen im Käfig seines alteingesessenen Artgenossen Harri anzusiedeln, scheiterte. »Sie haben sich nicht vertragen«, sagt Riele Holtermann (später: Freytag). Die damals 14-Jährige war die Stieftochter von Werner Zahn, der den 1860 eröffneten Zoologischen Garten Köln von 1939 bis 1951 führte. Riele wird Petermanns neue Pflegerin. Die Familie lebte buchstäblich zwischen den Tieren, in der Direktorenvilla direkt auf dem Zoogelände. »Petermann hat in der Wohnung ein eigenes Zimmer gehabt, das zur Hälfte aus seinem Käfig mit einem Klettergerüst bestand«, erinnert sie sich. Dort wurde der kleine Schimpanse mit der Nuckelflasche aufgepäppelt, er lebte von Milch und Müsli.

Riele fütterte den Kleinen, sobald sie aus der Schule kam. Bei den Hausaufgaben saß er auf ihrem Schoß. Und wenn es die Zeit erlaubte, gingen die beiden spazieren – zuweilen sogar wider alle Regeln außerhalb des Tierparks. Aber wen scherte das schon in einer Stadt, deren Fußballverein seit 1950 einen Ziegenbock quer durch Deutschland kutschierte und mit in die Stadien nahm. Ein Jahr lang blieb Riele die Pflegemutter, und die Aufgabe gefiel ihr. Zwar habe das Haus »übel nach Affe gerochen«, aber alle ihre Freundinnen beneideten sie um das exotische Kuscheltier. Einmal habe sie sogar die gesamte Klasse eingeladen, um den kleinen Schimpansen vorzuzeigen.

Als er die Villa schließlich wieder verließ, war Petermanns Kindheit vorbei. Der Ernst des Lebens begann. Er sollte nun dressiert werden, um in Harris Fußstapfen zu treten. Der nämlich ging bereits auf die Zehn zu und kam damit in die Pubertät. Auch weil er sich bereits einmal losgerissen hatte und aus dem Zoo ausgebüxt war, waren Harris Tage als Vorführ-Äffchen gezählt. Man setzte große Hoffnungen in Petermann – zu Recht, wie sich zeigen sollte. Schon bald darauf schrieb der *Kölner Stadt-Anzeiger*, dass nun Harris »vielumschwärmter Artgenosse Petermann sein humoristisches Erbe mit Würde angetreten« habe.

EIN STAR DER NACHKRIEGSZEIT

Der Silvesterabend 1952 sollte zu Petermanns Durchbruch werden. Gerade einmal sieben Tage war der Nordwestdeutsche Rundfunk (NWDR), der Vorläufer des WDR, auf Sendung, da präsentierte er dem deutschen Fernsehvolk eine Sensation: In Frack und Zylinder, behängt mit Luftschlangen, saß da ein Schimpanse vor der Kamera. In der haarigen Hand ein Glas Sekt haltend, schickte er ein »Prost Neujahr« in die Wohnstuben der Republik. Die erste deutsche Silvesterschau für die damals bundesweit knapp 4000 Fernsehgeräte wurde ein voller Erfolg. Und der Affe Petermann über Nacht zum Star.

Der Kölner Journalist Walter Filz hat ein ganzes Buch über Deutschlands berühmtesten Schimpansen geschrieben: In *Der Affe zu Köln. Oder: Petermanns Rache* (2010) beschreibt er Petermann als »typisches Kind der biederen Adenauer-Ära: brav, dressiert, niedlich und angepasst«. Im dichten Mief der Nachkriegszeit delektierte man sich an jeder Art von Fernweh und Exotik. Schlager feierten die Südsee, man aß Toast Hawaii, und zu Karneval tauschte der Biedermann den Büroanzug gegen das Outfit eines Cowboys, Indianers oder Piraten. Als Josephine Baker, Weltstar und Anti-Nazi-Kämpferin, 1953 nach Köln kam, erlebte sie eine

Überraschung. Stürmten da doch vor ihrem Auftritt in den Hahnentorlichtspielen zwölf Mitglieder der *Kölschen Afrikaner* die Bühne. Schwarz geschminkt, mit pelzigem Kopfschmuck, Baströckchen und Felltrommeln umringten sie die dunkelhäutige Frau im eleganten Abendkleid und posierten für ein Foto. »Josephine Baker ist eine Farbige; wir wollen zeigen, dass wir es nicht für unter unserer Würde halten, uns mit den Sitten und Gebräuchen afrikanischer Stämme zu befassen«, erklärte der Vereinsvorsitzende Alois Liesenfeld später der Presse. Und Josephine Baker, das bezeugt das Foto, hielt es nicht für unter ihrer Würde, dazu amüsiert zu lächeln.

In diese Zeit fiel der kometenhafte Aufstieg des Affen Petermann aus Tansania. Man präsentierte ihn im Ringelpulli, als Tell-Sohn mit einem Apfel auf dem Kopf oder mit Lederhose und Seppelhut. Sein Talent für jede Art von Stunt war stupend: Petermann aß mit Besteck, fuhr Dreirad, Roller und schließlich sogar Motorrad, das er obendrein zu warten verstand. Er besuchte Modeschauen, um dort mit antrainierten, zweideutigen Gesten den jungen Models auf dem Laufsteg hinterherzuhüpfen. Zum Ballettabend vollführte er Saltos aus dem Stand, und schließlich brachte er es sogar ins Kino, wo er an der Seite von Nachkriegsstars wie Lilo Pulver und René Deltgen brillierte.

Köln war stolz auf seinen »leeve Jung«, wie er gern genannt wurde. »Petermann ist sehr verspielt und sehr gesellig«, schrieb der *Kölner Stadt-Anzeiger* 1953, »er gibt sich gern mit Menschen ab und lässt sich auch gern auf den Arm nehmen.« Und so zapfte der vermenschte Affe als Köbes in den Kneipen, stieß mit Kölsch an und tingelte durch Karnevalssitzungen. Das Publikum zündete Raketen, wenn Petermann die Uniform der ausrichtenden Gesellschaft präsentierte, zu Liedchen im Takt wippte oder zu den schalen Witzchen aus der Bütt feixte. Während des Affen Stern aufging, geriet gleichzeitig ausgerechnet der des Boxers Peter Müller, genannt »de Aap«, ins Wanken. Der Kölner Faustkämpfer trug seinen seltsamen Spitznamen wegen seiner gebückten Körperhaltung im Ring, aber auch wegen seiner behaarten Brust und seiner platten Nase. Als Müller am 8. Juni 1952 den Ringrichter Max Pippow k.o. schlug, wurde er zunächst lebenslang, dann für zehn Monate gesperrt. Aber »de Aap« kam zurück, wovon unter anderem Siegerfotos mit seinem Namensvetter Petermann zeugen.

Immer wieder nutzte auch der Kölner Zoo die Popularität seines berühmten Bewohners. Mal saß er im Kassenhäuschen und entwertete die Eintrittskarten, mal warb er auf Plakaten und Postkarten für den Tierpark. Im Rahmen einer gemeinsamen Aktion mit der Bundespost richtete man Petermann 1959 ein eigenes Sparbuch ein, das dem Bau eines neuen Affenhauses dienen sollte. Die Verehrung des domestizierten Dschungelkindes ging so weit, dass man ihm sogar ein Denkmal setzte. Der Bildhauer Hein Derichsweiler (1897–1972), der unter anderem die Tünnes-und-Schäl-Figuren im Foyer der Kreissparkasse am Neumarkt schuf, fertigte eine Bronzeplastik des Schimpansen an. »Wie viele Kölner wurden je in Bronze gegossen?«, fragt Walter Filz in seiner Petermann-Biografie. »Und wer von ihnen noch zu Lebzeiten? Vor Petermann niemand, nach Petermann nur Willy Millowitsch.«

ZWISCHEN TOBSUCHT UND DEPRESSION

Die Entwicklungslinien von Mensch und Schimpanse trennten sich vor fünf bis sieben Millionen Jahren. Dennoch existieren bis heute viele Gemeinsamkeiten zwischen ihnen. Beispielsweise lachen ihre Babys gern, wenn man sie kitzelt. Die Töne dafür generieren junge Schimpansen allerdings anders als Menschenkinder. Während diese nämlich nur beim Ausatmen lachen, geben Affen ihrer Heiterkeit hechelnd Ausdruck, indem sie schnell zwischen Ein- und Ausatmen wechseln.

So mancher Zoobesucher mag Petermanns Habitus bereits früh befremdlich gefunden haben. Grundsätzlich infrage gestellt wurde die Tierdressur damals noch nicht, aber erste Zweifel waren durchaus schon aufgekommen. So findet sich im *Kölner Stadt-Anzeiger* vom 2. Juli 1953 ein Artikel mit der Überschrift »Lacht Petermann oder hat er Angst?«. Der Autor berichtet von einem

Experiment, bei dem Menschen Porträts von Schimpansen gezeigt wurden. Knapp die Hälfte der Probanden hielt einen hochgradig zornigen für einen freundlich lächelnden Primaten. Derselbe Text berichtet auch über den Berliner Professor Johannes von Fischer, der glaubte, die Affenmimik entschlüsselt zu haben. Bei einer öffentlichen Demonstration seines Könnens bekam der »Affenlinguist« dann allerdings eine trockene Ohrfeige und wurde in die Nase gebissen.

Ähnliches musste man auch in Köln befürchten, als Petermann mit zehn Jahren geschlechtsreif wurde. Für den Affen wie für seine Fans war nun »Schluss mit lustig«. Petermanns Zeit als Medienstar war vorbei, die Dressur wurde eingestellt. Der Affe, den man zum Menschen erzogen hatte, war plötzlich wieder nur ein Tier. Für die Menschen um ihn herum mochte diese Degradierung nachvollziehbar sein. Der Schimpanse jedoch, der nie artgerecht gelebt hatte, zerbrach daran.

Schon 1956, ein Jahr vor dem öffentlichen Ende, hatte es einen Zwischenfall gegeben. Petermann hatte, auf einem Motorrad fahrend, einem vierjährigen Jungen einen Apfel aus der Hand gerissen. In der nächsten Runde hatte er dem Kind den Kitsch zurückgegeben. Die Aktion hatte durchaus einen gewalttätigen Zug, aber damals schrieb man sie noch Petermanns jugendlichem Übermut zu und hatte seinen Spaß. Bald darauf war jedoch nicht mehr zu übersehen, dass dieser Schimpanse hochgradige Verhaltensstörungen an den Tag legte. Petermanns Stimmungen schwankten zwischen Tobsucht und Depression, er musste isoliert werden.

Bis 1970 lebten die Affen des Kölner Zoos im alten, renovierungsbedürftigen Affenhaus, danach im ehemaligen Vogelhaus. Petermann bezog dort eine umgebaute Voliere von zehneinhalb Quadratmetern, rundum gekachelt und zum Publikum hin vergittert. Als der wahnhafte Schimpanse begann, Zoobesucher mit seinem Kot zu bewerfen, ersetzte man die Gitterstäbe durch eine Glasfront. Tagein tagaus, so Walter Filz, »wischte er mit Holzwollebündeln die immer gleiche Stelle des Kachelbodens«. Aber wer er einst gewesen war, vergaß er nicht. »Oftmals stand ich mit einer Besuchergruppe vor der Scheibe, und alles hörte auf meine Worte«, erzählt Gunther Nogge, der das Problem Petermann mit seinem Amtsantritt 1981 übernommen hatte. »Gerade das hat Petermann immer sehr aufgebracht – und er hat mir durch sein Imponiergehabe gezeigt, wer der wirkliche Herr im Hause ist.«

Um ihn zu besänftigen und etwas Abwechslung in sein Leben zu bringen, führte man Petermann die Schimpansendame Susi zu. An seiner Grundstimmung änderte dies jedoch nichts. Zwar reichte er Susi zur Begrüßung die Hand, aber danach ignorierte er dieses Wesen so vollständig wie möglich. Susi taugte ihm »weder als Gesellschafterin noch als Sexpartnerin«, sagt Nogge. Denn das war ja nur ein Affe, während er – was war?

Von 1957 bis 1985, 28 Jahre lang, vegetierte der einstige Star auf diese Art dahin. 33.000 Mark hatten sich über die Jahre auf Petermanns Postkonto angesammelt. Man investierte sie in den Bau des neuen Urwaldhauses, das am 7. Juni 1985 vom damaligen Ministerpräsidenten Johannes Rau eröffnet wurde. Dem Finanzier Petermann verweigerte man den Umzug. Er schien dazu verdammt, bis zu seinem Tod im alten Kachelkäfig auszuharren. Aber es kam anders. Denn am Morgen des 10. Oktober 1985 ließ ein junger Pfleger Petermanns Käfigtür offen stehen.

»NICHT WIE BEI DAKTARI«

Im Aufsichtsrat des Zoos kam es nach dem Ausbruch zu Diskussionen. Nie und nimmer hätte Gunther Nogge einen unerfahrenen Hilfspfleger allein auf Streife gehen lassen dürfen, argumentierte Arbeitnehmervertreter Fritz Bilz. Aber angesichts von Nogges Zustand sah man von weiteren Maßnahmen ab. Denn den Zoodirektor hatte es schlimm erwischt. Die Bisswunden waren tief, siebeneinhalb Stunden kämpften die Ärzte um sein Leben. »Petermann hat mich als Alpha-Konkurrenten gesehen«, erklärte er das Verhalten des Schimpansen und seiner Begleiterin später. »Die wollten mir nichts Böses. Die wollten mich nicht auffressen. Sie wollten mir einfach nur zeigen, dass sie Überlegene sind.«

Jagd auf Petermann und Susi nach ihrem Ausbruch

Susis Fluchtweg endete in einem Vorgarten.

Während Nogge von den Ausbrechern traktiert wurde, hatte sich Ralf C. nach seinem K. o. berappelt. Er schlug Alarm, Kollegen eilten herbei. Weil sie für Petermann nicht im Rang des Zoodirektors standen, schenkte er ihnen zunächst Vertrauen. Petermann und Susi nahmen willig die Hand ihrer langjährigen Pfleger. Als ihnen jedoch klar wurde, dass man sie zurück zum Käfig führen wollte, rissen sich die Tiere wieder los. Und setzten ihre Flucht fort.

»Die Besucher wunderten sich über die (von meinem) Blut verschmierten Tiere, die an ihnen vorbeitobten«, erzählt Gunther Nogge. Der Gefahr, in der sie schwebten, seien sich die frühen Zoobesucher jedoch – glücklicherweise – nicht bewusst gewesen. Der Direktor und seine Mitarbeiter waren sich indes einig: Es bestand nun keine Chance mehr, die beiden Ausreißer friedlich einzufangen. Auch blieb keine Zeit, um ein Betäubungsmittel anzumischen – ganz zu schweigen davon, dass ein türmender Schimpanse nicht so leicht zu treffen ist. »Das ist ja nicht wie bei *Daktari*«, sagte Nogge später.

Das Schicksal der Affen war damit besiegelt. Die alarmierte Polizei erschoss Petermann noch auf dem Zoogelände. Susi hingegen hatte sich über die Außenmauer »in die Freiheit« retten können. Eine Anwohnerin entdeckte sie in ihrem Garten, von wo aus die Schimpansin in den Keller des Hauses floh. Dort wurde sie gestellt und fiel ebenfalls einer Kugel zum Opfer.

ZWISCHEN MYTHOS UND AFFENTHEATER

»Die haben mich im Krankenhaus dann wieder ganz gut hingekriegt, das Gesicht geflickt, die Ohren und die Finger wieder angenäht«, befand Gunther Nogge nach seiner Rekonvaleszenz. Narben blieben dennoch. Der Ausbruch gab ihm Anlass, noch einmal verstärkt auf die Missstände in der deutschen Primatenhaltung aufmerksam zu machen: »Erst seitdem die heute weltberühmte Jane Goodall Anfang der 60er-Jahre als erster Mensch in den Wald ging, um Schimpansen in der Natur zu beobachten, wissen wir, dass sie dort nicht mit Fahrrädchen, Lederhosen und Tiroler Hut und schon gar nicht allein leben, sondern in Familiengruppen.« Petermann stand für eine Tierhaltung, die es zu überwinden galt. Vorbildlich dagegen: das frisch eröffnete Urwaldhaus. Das dschungelähnliche Treibhaus offerierte den Menschenaffen fortan eine annähernd artgerechte, naturnahe Lebenswelt.

»Vielleicht war der Unfall ja die Strafe dafür, dass wir Petermann betrogen und nicht ins neue Haus mitgenommen haben«, wagte Nogge ein über Petermanns Tod hinausweisendes Resümee. In mancher Hinsicht passt es zum Mythos um Petermann, der mit seinem Tod einsetzte. Zwar war er beim Angriff auf den Zoodirektor lediglich seinen Instinkten gefolgt; zugleich jedoch schien hier das Bild einer misshandelten Kreatur auf, die sich gegen ihre Unterdrücker auflehnte und dies mit dem Leben bezahlte. Petermann, der Schimpanse war durch seinen Ausbruchsversuch zum King Kong von Köln geworden.

Er starb am gleichen Tag wie Orson Welles und Yul Brunner. Aber auf die Titelseiten der Zeitungen kamen nicht die beiden Weltstars, sondern der Schimpanse. Vor allem in der links-alternativen Szene wurde dem erschossenen Affen gehuldigt. Schon bald nach seinem Tod tauchten an Kölns Hauswänden die ersten Graffiti auf: »Petermann lebt!«, stand da zu lesen, oder: »Petermann, geh du voran!«

Petermann wurde auf den Schild gehoben, mit Petermann schmückte man sich. Als man 1989 den ersten Meister der Bunten Liga kürte, waren es die Kicker von *Petermann Stadtgarten.* Der Schimpanse prangte nicht nur im Namen, sondern war zugleich Ehrenvorsitzender der Thekenmannschaft. Der WDR drehte einen Film über Petermann (*Petermann, geh du voran!*, 1989), eine Punkband benannte sich nach ihm *(Kommando Petermann),* und das Bauturm-Theater führte noch 2017 ein Stück zu seinen Ehren auf *(Petermann! – Eine kölsche Paranoia).* Dass man bis heute Petermann-T-Shirts und -Pullover bekommt, verwundert da kaum noch.

Das Ende des geschundenen Affen bedeutete zugleich die Geburt einer kölschen Legende. Zum zweiten Mal wurde Petermann zum Helden, noch einmal dichtete man ihm menschliche Züge

Der schwer verletzte Zoodirektor Gunther Nogge im Krankenhaus

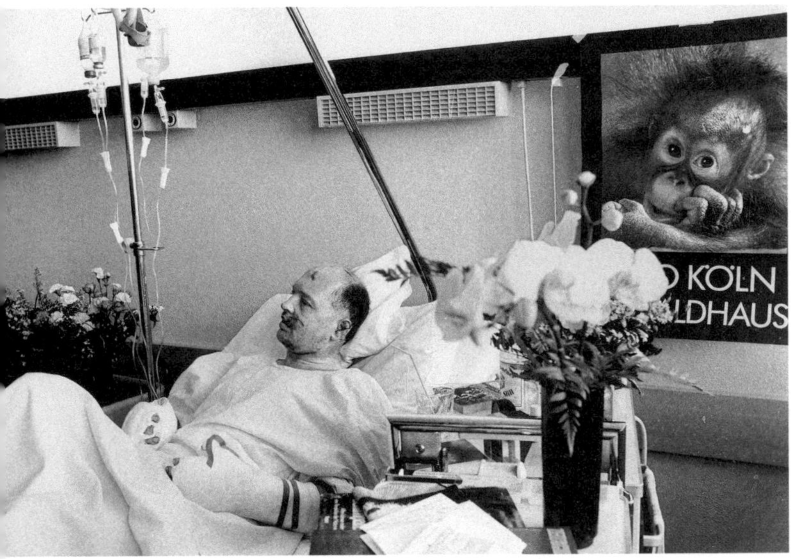

an. Dieses Mal allerdings augenzwinkernd und ohne ihm weiter zu schaden. Vom Clown im Frack mutierte der tote Petermann zum Che Guevara im Pelz. Angeblich, so seine posthumen Verehrer, sei er von hinten erschossen worden und just beim Versuch, die Zoomauer zu überklettern. Als die Kugel ihn traf, habe er sterbend die Faust in den herbstlichen Himmel gereckt – eine letzte solidarische Geste für die Unterdrückten, Entrechteten und Versklavten dieser Welt.

Und heute? – Hin und wieder, so dürfen wir uns vorstellen, fahren Petermann und der Che im Himmel eine Runde Motorrad. Und danach paffen sie eine Havanna zusammen.

WECKER NR. 6457

DER BOMBENANSCHLAG AUF DAS KÖLNER LUFTHANSA-GEBÄUDE

28. OKTOBER 1986

Jahrelang hatten die Fahnder vergeblich versucht, den Revolutionären Zellen (RZ) auf die Schliche zu kommen. Die »Feierabendterroristen«, wie man sie nannte, agierten im Untergrund, lebten aber ein Alltagsleben. Die Tarnung funktionierte perfekt. Im Gegensatz zur Rote Armee Fraktion (RAF) blieben die RZ gesichtslos, ihre Anschläge unaufgeklärt. Auch V-Leute konnten »nicht an die Täter herangespielt werden«, hieß es im Bundeskriminalamt (BKA). Aber das sollte sich ändern. Im Herbst 1986 gelang den Ermittlern ein bedeutender Schlag. Die zentrale Rolle spielte dabei ein Alltagsgegenstand: ein kleiner Reisewecker der Marke Emes, Modell »Sonochron«.

Direkt an der Deutzer Brücke, im heutigen Lanxess Tower, residierte bis 2007 die Hauptverwaltung der Deutschen Lufthansa. Der 95 Meter hohe Bau war 1970 bezogen worden, goldbraun bedampfte Fenster schützten die Büros vor Sonnenlicht. Am 28. Oktober 1986, um 2.34 Uhr in der Nacht, zerriss ein Knall die rechtsrheinische Stille. Im Parterre des Gebäudes war eine Bombe detoniert. Der Sprengsatz riss ein zehn mal zehn Zentimeter kleines Loch in die Außenwand der Telefonzentrale. Ein Dutzend Fensterscheiben zerbarsten, im Erdgeschoss lösten sich Teile der Deckenverkleidung. Ein Lufthansa-Sprecher sollte den Sachschaden später auf rund 130.000 Mark schätzen. Es seien jedoch »keine betriebswichtigen Anlagen beschädigt« worden. Weil das Gebäude zu nächtlicher Stunde leer stand und sich zufällig keine Passanten dort aufhielten, wurde niemand verletzt. Knapp anderthalb Stunden zuvor hatte ein Wachmann der Lufthansa seine Runde beendet.

Im Laufe des Tages meldeten sich die Attentäter. »Für Freies Fluten« war ihr Bekennerbrief überschrieben, und er begann mit den Worten: »Schotten dicht für die Flüchtlinge, die in die BRD reinwollen. Flug frei für alle, die raus sollen. Die Deutsche Lufthansa (DLH), immer treu im Dienste des Staates, macht es möglich.«

Mit dem Bombenanschlag sollte also gegen die Abschiebung von Asylsuchenden protestiert werden. Das Staatsunternehmen Lufthansa, so die Täter, sei in die menschenverachtende Flüchtlingspolitik gleich mehrfach verwickelt. Drei Viertel der rund 8000 Abschiebungen des Jahres 1984 seien durch Lufthansa-Maschinen erfolgt. Während die Fluggesellschaft damit Millionen mache, würden »Flüchtlinge, die sich gegen die Abschiebung wehren, unter Drogen gesetzt. Piloten und Stewardessen, die sich weigern, bei dieser Praxis mitzumachen, werden mit beruflichen Konsequenzen bedroht«. Zugleich verdiene das Unternehmen über seine Tochter Condor auch am internationalen Sextourismus und der »Ware Frau«. Die »Bumsbomber nach Bangkok und Manila« brächten deutsche Männer nach Asien, die das Elend der

Frauen in der Dritten Welt ausnutzten. Weil sie sich eine Flucht nicht leisten könnten, müssten sie sich als »Katalogbräute« an deutsche Männer verkaufen. Die Lufthansa, so das Bekennerschreiben, »schnappt sich so ihren Teil am internationalen Zuhälterprofit mit Prostitution und Frauenhandel«. Zu schlechter Letzt profitiere das Unternehmen zudem vom Gütertransport aus den armen Ländern – von jenen Waren in den deutschen Kaufhäusern und Supermärkten, »die in den Billiglohnländern den Menschen abgepresst wurden«.

SCHÜSSE IN DIE BEINE

Revolutionäre Zellen entstanden ab Anfang der 1970er Jahre. Eine Dekade später spaltete sich die Rote Zora von ihnen ab, um revolutionäre Frauenanliegen voranzutreiben. Für die Aktivistinnen ging es um Themen wie den Abtreibungsparagrafen 218, den Sextourismus und ganz allgemein die Situation der Frauen in der Dritten Welt. Neben knallharter, auch bewaffneter Politik war eine gehörige Portion Sozialromantik mit im Spiel: »Die ›Rote Zora und ihre Bande‹ – das ist die wilde Göre, die die Reichen bestiehlt, um's den Armen zu geben«, heißt es in einem Selbstinterview, das man der Zeitschrift *Emma* zur Verfügung stellte.

Im Gegensatz zur RAF waren die RZ nicht straff organisiert, sondern agierten aus kleinen »Zellen« ohne zentrale Führung heraus. Anstatt wie jene in der Anonymität zu leben, gingen ihre Mitglieder zumeist einer bürgerlichen, geregelten Arbeit nach. Durch das »Aufgreifen sozialer Konfliktfelder« sollte in der Bevölkerung eine »Form abgestufter Massenmilitanz« erreicht werden, um den Boden für einen revolutionären Umsturz zu schaffen. Mordanschläge, auch die Gefährdung von Menschenleben, lehnten die RZ ab. Der Tod des hessischen FDP-Wirtschaftsministers und Startbahn-West-Befürworters Heinz Herbert Karry im Mai 1981 sei ein Unfall gewesen, glaubt selbst der Verfassungsschutz. Taten wie diese zeugen jedoch zugleich von der skrupellosen Brutalität der Gruppierung. »Geplant war, durch mehrere Schüsse in seine

Das ehemalige Lufthansa-Hochhaus an der Deutzer Brücke

Beine dafür zu sorgen, dass er länger das Bett hüten muss«, hieß es seinerzeit im Bekennerschreiben.

Rund 200 Anschläge gingen laut Schätzung der Staatsschützer zwischen 1973 und 1993 auf das Konto der Revolutionären Zellen. Der dabei entstandene Sachschaden belief sich auf Hunderte Millionen Mark. Auch in Köln und Umgebung waren die RZ mehrfach aktiv. So war knapp zwei Monate vor dem Anschlag auf das Lufthansa-Gebäude eine Bombe beim Bundesverwaltungsamt (BVA) in Riehl hochgegangen. Hier wie dort stand die deutsche Asylpolitik im Fokus: Das BVA führte damals das sogenannte Ausländerzentralregister (AZR). Dieses »Kernstück im Kampf gegen die Flüchtlinge« sei so rassistisch wie totalitär und diene der »Liquidierung und Durchstaatlichung der Ausländerkolonien und -communities«. Am Tag des Kölner Lufthansa-Anschlags verübten die RZ zudem ein Attentat auf den damaligen Leiter der Berliner Ausländerbehörde Harald Hollenberg. Er sei »für die unmenschliche Flüchtlingspolitik in Berlin verantwortlich«, begründete man die Beinschüsse auf den »Menschenjäger und Schreibtischtäter«. Hollenberg wurde schwer verletzt. In beiden Bekennerschreiben wurde das Wort »Bombardierung« falsch, nämlich ohne das erste r geschrieben.

»Aus dem Moment des Verdeckten, des Klandestinen eine Waffe machen«, so beschrieben die RZ ihr Konzept. Das zivile Tarnkäppchen biete Schutz, weil es »für die Bullen keine Methode gibt, diese Struktur aufzurollen«, las man im Untergrundblatt *Revolutionärer Zorn*. »Das einzige, was einem das Kreuz brechen kann, ist ein dicker Fehler oder ein gottverdammter Zufall.«

Der Zufall spielte 1986 in Deutz tatsächlich eine gewisse Rolle, und ein paar Fehler wurden auch begangen. Vor allem jedoch war es akribische Polizeiarbeit, die zur (Teil-)Aufklärung des Kölner Attentats führte. Dass die Beamten dabei manchmal am Rande der Legalität agierten, steht auf einem anderen Blatt.

Zwei Tage lang durchforsteten die Ermittler die Trümmer des Lufthansa-Anschlags. »Im Schulterschluss auf den Knien im Gras« suchten sie nach Beweismitteln. Und schließlich wurden sie fündig.

Es waren die verkohlten, verbogenen Reste eines Weckers, die als wichtigstes Beweismittel im späteren Prozess dienen sollten. Laut BKA war dieser Wecker als »Zeitverzögerer« für das Zünden der Bombe benutzt worden. Auf der Rückseite des Ziffernblatts war, in drei Millimeter hohen Ziffern, eine Nummer eingestanzt: 6457. Und genau dieser Emes Sonochron war am 11. September 1986 im Uhrladen *Wempe* auf der Hohe Straße verkauft worden.

WEIBLICH, 18 BIS 45 JAHRE, INTELLEKTUELL

In Ermangelung von Klarnamen und Fahndungsfotos war der Emes Sonochron für die Ermittler zu einer Art Markenzeichen der RZ geworden. Bei mehreren Dutzend Anschlägen hatte der kleine, batteriebetriebene Wecker als Auslöser der Zeitzündung gedient. Wie alle weiteren Bauteile der Lufthansa-Bombe – die Batterien, Drähte und Gasflaschen – handelte es sich auch bei diesem Fabrikat einer Schwarzwälder Firma um ein Massenprodukt. Auch Richter ließen sich von ihm aus dem Schlaf holen. Klaus Arend, der später den Lufthansa-Prozess leiten sollte, erzählte während der Verhandlung, er sei »selbst seit vielen Jahren im Besitz eines Weckers der Marke Emes Sonochron«.

Den kleinen Reisewecker bekam man im Handel für rund 50 Mark. Während das Uhrwerk rein mechanisch aufgezogen wurde, reagierte der Summer auf einen elektrischen Impuls. Diese Trennung der Funktionswege war es, die den Emes in den Händen eines leidlich geschickten Feinmechanikers binnen Kurzem in eine effiziente Explosionshilfe verwandelte. Was die RZ nicht wussten: Unter dem Druck jahrelanger Erfolglosigkeit hatte das BKA einen aufwendigen Plan erarbeitet. Als Ende 1984 das damalige Emes-Modell auslief, kauften die Fahnder sämtliche 4000 Restposten auf. Sodann wurde ein Teil des Bestandes mit einer jeweils vierstelligen Nummer versehen, eingestanzt auf der Rückseite des Ziffernblattes. Die so präparierten Wecker fanden danach ihren Weg zurück in 30 ausgewählte Läden. Bevorzugt wurden dabei Geschäfte in Nordrhein-Westfalen bestückt, das als RZ-Hochburg galt. Um die Käufer identifizieren zu können, wurden die Uhrengeschäfte zudem mit Videokameras ausgestattet. Knapp 130.000 DM kostete das die Staatskasse, wie eine Kleine Anfrage der Grünen von 1988 ergab.

Hunderte Käufer eines Emes-Weckers wurden auf Video gebannt. Unter Datenschützern und Juristen sollte dieses Vorgehen später sehr kontrovers diskutiert werden. Auch der Bundesbeauftragte für den Datenschutz, Reinhold Baumann, sprach von einer »rechtlichen Grauzone«, in der man sich damals bewegt habe.

Die Kameras wurden von den Angestellten stets dann ausgelöst, wenn Kunden mit bestimmten Merkmalen den Laden betraten: Frau zwischen 18 und 45 Jahren, im weitesten Sinne »intellektuell« und zielsicher auf der Suche nach genau diesem Weckermodell. Am 11. September 1986 betrat um kurz nach 14 Uhr eine junge Frau mit kurzem, dunklem Haar und Lederjacke das Uhrengeschäft *Wempe* in der Kölner Innenstadt. Die Angestellte des Ladens erklärte später, die Frau habe sich nur für die Marke interessiert, ohne sich nach der Funktionsweise oder Farbe des Weckers zu erkundigen. Außerdem habe sie dezidiert nach dem alten mechanischen Modell verlangt. Sechs Wochen später explodierte die Lufthansa-Bombe.

ZEHN JAHRE EMMA

Anhand der Ziffernfolge konnten die Deutzer Ermittler den Weg des Weckers zurückverfolgen. Man entwickelte ein Foto der Käuferin, die jedoch zunächst nicht identifiziert werden konnte. Das änderte sich allerdings im Februar 1987 während der Ausstrahlung eines Fernsehbeitrags zum zehnten Geburtstag der Zeitschrift *Emma*. Zusammen mit seinen Kollegen saß der 47-jährige Kriminalhauptkommissar Walter Meyer vom BKA in der Kaserne der Essener Bereitschaftspolizei vor dem TV-Apparat. Plötzlich erkannte er im Redaktionsteam der Frauenzeitschrift »die von uns mühsam gesuchte Weckerkäuferin«. Er sei fassungslos gewesen, erzählte er später, »dass die hier im Fernsehen öffentlich auftritt«.

Alice Schwarzer und Ingrid Strobl in der Emma-Redaktion Ende der 1980er Jahre

Man identifiziert die Verdächtige als Ingrid Strobl, 34 Jahre alt und seit 1979 wohnhaft in Köln. In den folgenden Monaten wird sie auf Schritt und Tritt überwacht, ihr Telefon abgehört. Als die Polizei am Freitag, dem 18. Dezember 1987, ihre Wohnung durchsucht, ist sie übers Wochenende verreist. Was geschah, als sie am Sonntag nach Köln zurückkehrte, schildert sie in ihrem autobiografischen Buch *Vermessene Zeit. Der Wecker, der Knast und ich* (2020): »Als ich schließlich, zurück in Köln, in meine Straße einbog, war es dort ungewohnt still.« Sie habe die Angst in ihrem Magen ignoriert, auch als das Licht im Hausflur seltsamerweise nicht angehen wollte. Als sie schließlich den Schlüssel ins Schloss ihrer Wohnungstür steckte, »flog sie auf, ein Pulk schwarz gekleideter, vermummter und bewaffneter Männer drängte mich gegen die Wand. Einer hielt mir seine Waffe an die Schläfe. Wenn jetzt unten die Haustür zufällt, dachte ich, und der erschrickt, bin ich tot.« Stattdessen fesselte man sie vor dem Abtransport zunächst an ihren Schreibtischstuhl.

Knapp 14 Monate waren seit dem Deutzer Attentat vergangen. Ingrid Strobl, so hieß es in ihrem Haftbefehl, sei »dringend verdächtig, zumindest arbeitsteilig an dem Anschlag mitgewirkt« zu haben. Außerdem bestehe der Verdacht auf »Unterstützung bzw. Mitgliedschaft in einer terroristischen Vereinigung«. Gemäß dem 1976 eingeführten Paragrafen 129a konnte das mit bis zu zehn Jahren Gefängnis geahndet werden.

MISTER X

Ingrid Strobl wurde 1952 in Innsbruck geboren und stammt aus eher einfachen Verhältnissen. »Meine beiden Großmütter waren Putzfrauen, meine Mutter Weißwäscheverkäuferin, mein Vater hat bei den Stadtwerken gearbeitet. Ich war die Erste in der Familie, die aufs Gymnasium ging, Literatur studierte und promovierte«, schreibt sie in ihrer Autobiografie. Schon während des Studiums engagierte sie sich in der Frauenbewegung. Im Jahr ihres Umzugs nach Köln wurde sie Redakteurin der *Emma*.

Sowohl ihre Inhaftierung als auch der Prozess gegen sie erregten großes Aufsehen. Strobls Anwälte und Anhänger kritisierten die Anklage, die auf viel zu schwachen Indizien beruhe. »Selbst ein bewiesener Weckerkauf«, so ihre Kölner Anwältin Edith Lunnebach, »würde nur beweisen, dass die Beschuldigte einen Wecker gekauft hat.« Dass man Strobl in Isolationshaft hielt, bezeichnete die SPD-Bundestagsabgeordnete Monika Ganseforth als »Menschenrechtsverletzung«. Auch nach Lockerung der Auflagen ab März 1988 unterlag die Gefangene Beschränkungen beim Besuchsverkehr. Zudem wurde ihr jegliche Solidaritätspost vorenthalten. Erst am 14. Februar 1989, nach fast 14 Monaten Untersuchungshaft, begann der Prozess.

Der Verhandlungssaal im Düsseldorfer Oberlandesgericht war vom ersten Tag an überfüllt. Beim Einlass wurden die Personalausweise der Zuschauer kopiert, man konfiszierte Autoschlüssel, Plastikkämme und sogar Bananen. Für das Gericht ging es um zwei zentrale Fragen: War Ingrid Strobl tatsächlich die Käuferin jenes Weckers, der für den Anschlag auf die Lufthansa benutzt wurde? Und wusste Strobl, dass er dafür verwendet werden sollte – was sie automatisch zum Mitglied einer terroristischen Vereinigung nach Paragraf 129a machen würde?

Generalbundesanwalt Kurt Rebmann war von Beginn an überzeugt von Strobls Schuld: Es sei untypisch für die Gruppierung, sich Tatmittel durch Außenstehende besorgen zu lassen. Außerdem habe Strobl auf das Video ihres Weckerkaufs »mit deutlich erhöhter Anspannung« reagiert. Ein Wiesbadener Linguist verglich das Bekennerschreiben der RZ mit Strobl-Artikeln aus der *Emma* und kam zu dem Schluss, dass die Angeklagte »mit hoher Wahrscheinlichkeit« die Urheberin des Textes gewesen sei.

Ingrid Strobl gestand schließlich den Weckerkauf. Jedoch habe sie nicht gewusst, wofür er benutzt werden sollte. Ein Mann, den sie während des gesamten Prozesses nur »Mister X« nannte, habe sie im September 1986 gebeten, ihm ein Exemplar des Emes Sonochron zu besorgen. Er habe vorgegeben, den Wecker verschenken zu wollen, und erklärt, es handele sich um den »handlichsten

Zerstörte Fenster des Lufthansa-Gebäudes

Ermittlungen am Tatort in Deutz

Reisewecker, den es derzeit auf dem Markt« gebe. Allerdings sei er in seiner Heimatstadt nicht zu bekommen, wohl aber in Köln bei *Wempe*. Mister X wollte ihn »auf der Durchreise in Köln bei mir abholen«, erklärte Strobl, und diese Bitte habe sie dem Mann erfüllt. Dass sie seinen Namen nicht nennen wolle, sei für sie »eine Frage der politischen Moral«. Sie weigere sich, »noch einen Menschen dieser ziemlich brutalen Maschinerie auszuliefern«. Auch von dem Anschlag, wer immer ihn verübt hatte, wollte sie sich nicht distanzieren. »Den Einsatzort meines Weckers fand ich damals allerdings wirklich astrein«, sagte sie später.

Im Juni 1989 verurteilte man Ingrid Strobl wegen Unterstützung einer terroristischen Vereinigung und Beihilfe zu einem Sprengstoffanschlag zu fünf Jahren Haft. Das Verhalten der Angeklagten, so Richter Arend, lasse keinen anderen Schluss zu, als dass sie den Wecker bewusst beschafft habe. Daraus könne nur gefolgert werden, »dass sie selbst Mitglied dieser Vereinigung« sei. »Davon ist der Senat überzeugt.« Für ihre Schuld spreche zudem, dass sie sich weigere, mit dem Klarnamen von »Mister X« herauszurücken – so es ihn denn gab.

»Mit etwas Glück kann man vielleicht beweisen, dass man etwas nicht getan hat. Wie aber soll man beweisen, dass man etwas nicht gewusst hat?«, fragte Ingrid Strobl in ihrem Schlusswort. Ihre Unterstützer, die Anwälte und Teile der linksliberalen Presse nahmen das Urteil mit Bestürzung auf. Der Grundsatz »Im Zweifel für den Angeklagten« sei hier mit Füßen getreten worden. »Ohne den Paragraphen 129a als Krücke«, so Strobls Verteidiger Hartmut Wächtler, »wäre nicht einmal die Anklage zugelassen worden.«

Tatsächlich kam noch einmal Bewegung in die Sache – zugunsten der Verurteilten, die ihre Strafe in der Haftanstalt in Essen absaß. Strobls Anwälte hatten Revision gegen das Urteil eingelegt, der der Bundesgerichtshof am 8. Mai 1990 stattgab. In der anschließenden Verhandlung wurde das erste Urteil aufgehoben. Der Schuldspruch betraf nun nur noch die Beihilfe zu einem Sprengstoffanschlag – der »politische« Paragraf 129a war damit außen vor. Drei Jahre lautete das neue Urteil. Nach Anrechnung der Untersuchungshaft

Ein Reisewecker Emes Sonochron

28. Oktober 1986

wurde die noch nicht verbüßte Reststrafe von sechs Monaten zur Bewährung ausgesetzt. Ingrid Strobl kam frei.

DAS SPÄTE GESTÄNDNIS

Nach ihrer Gefängniszeit nahm die Journalistin ihren alten Beruf wieder auf. Strobl arbeitete unter anderem für den WDR und schrieb diverse Bücher – neben einigen Köln-Krimis vor allem Sachbücher zu Frauenthemen und über den Nationalsozialismus. Erst 34 Jahre nach dem Anschlag in Deutz rückte sie dann endlich mit der Wahrheit heraus. In *Vermessene Zeit. Der Wecker, der Knast und ich* gab sie erstmals zu, vom Zweck des Kaufs gewusst zu haben: »Ich hatte zu der Zeit große Sympathien für die Revolutionären Zellen«, schreibt sie, und schließlich sei ein Kontakt zustande gekommen. Mit der Bitte um den Weckerkauf waren entscheidende Informationen verbunden: »Sie brauchten ihn für einen Anschlag auf das Lufthansagebäude in Köln. Das würde zu dem Zeitpunkt leer stehen, es würden keine Menschen verletzt. Ich habe Ja gesagt.«

In den Interviews nach diesem Geständnis begründete sie ihr langes Schweigen mit der »Angst, dass ich dann vielleicht doch noch mal ins Gefängnis muss«. Mit fast 70 Jahren wolle sie jedoch nicht mehr mit einer Lüge leben. Zugleich entschuldigte sie sich bei ihren vielen Unterstützern. Allein bei einer Solidaritätsdemonstration in Köln waren nach dem Urteil 10.000 Menschen unter dem Motto »Freiheit für Ingrid Strobl« auf die Straße gegangen. »Die könnten sich jetzt zu Recht von mir betrogen fühlen. Das tut mir sehr leid«, sagte sie der *Tageszeitung* 2020. Einige Wegbegleiter von damals verziehen ihr dennoch nicht. Alice Schwarzer, Chefredakteurin der *Emma*, brach den Kontakt zu ihrer ehemaligen Angestellten ab: »Ich war nicht nur schockiert darüber, dass sie (…) ihre Kolleginnen so in Gefahr gebracht hatte. Ich verachtete sie auch für ihren ganzen Selbstbetrug und ihre Verlogenheit. Und das tue ich bis heute«, schrieb Schwarzer in ihrer Zeitschrift. Was Ingrid Strobl auch in ihrem Enthüllungsbuch nicht preisgab, war der Name jenes RZ-Mitglieds, das sie zu dem verhängnisvollen Weckerkauf animiert hatte. »Ich bin keine Verräterin«, beharrt sie bis heute auf ihrem alten Grundsatz. Selbst ihr Vater hatte nie verstanden, warum sie »diesen Feigling, (...) der dich im Stich gelassen hat«, jahrzehntelang beschützte. Auch von sich aus hat sich der Mensch, der Ingrid Strobl damals hätte entlasten können, nie gemeldet. Er wird, wahrscheinlich für immer, »Mister X« bleiben.

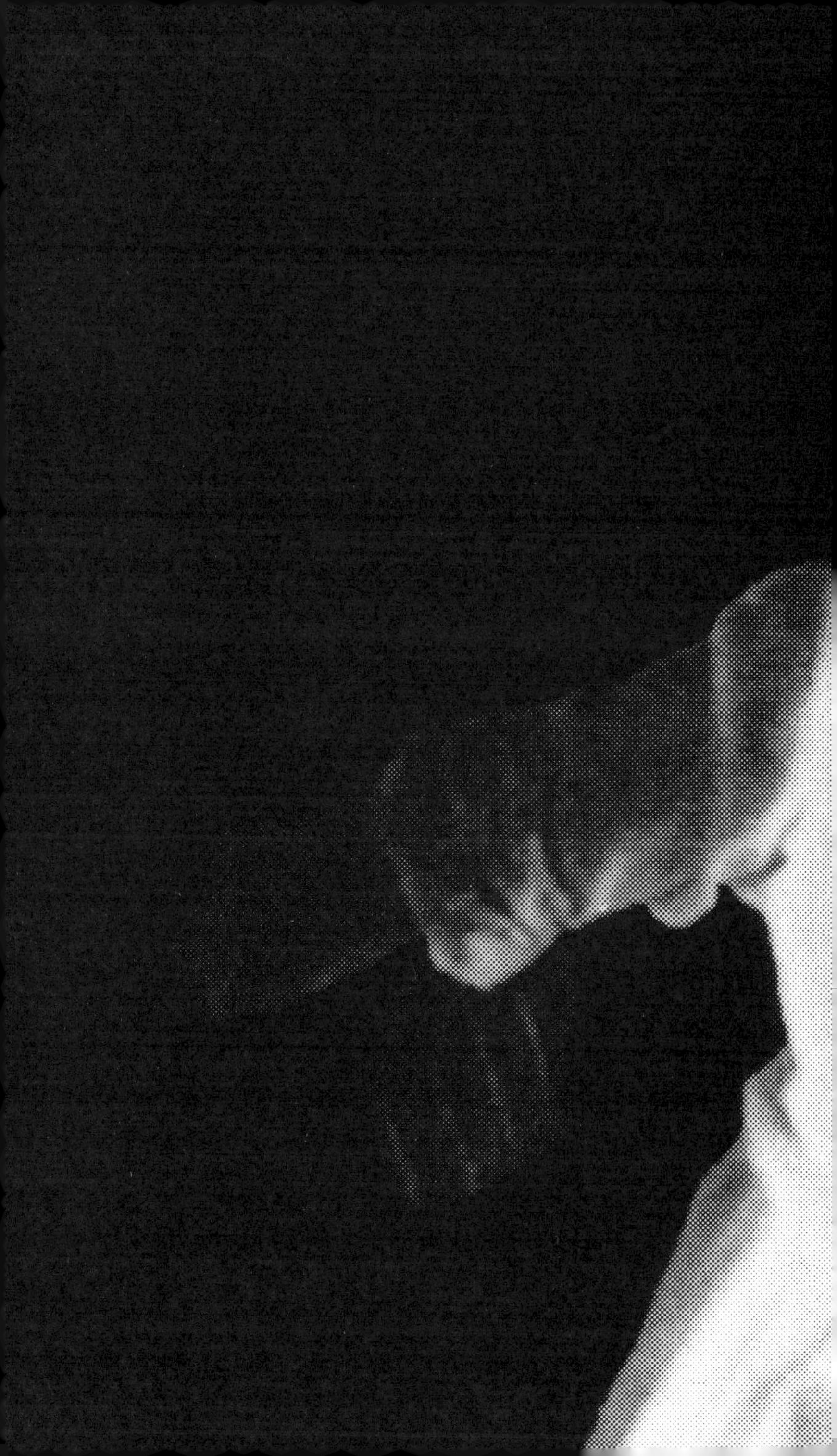

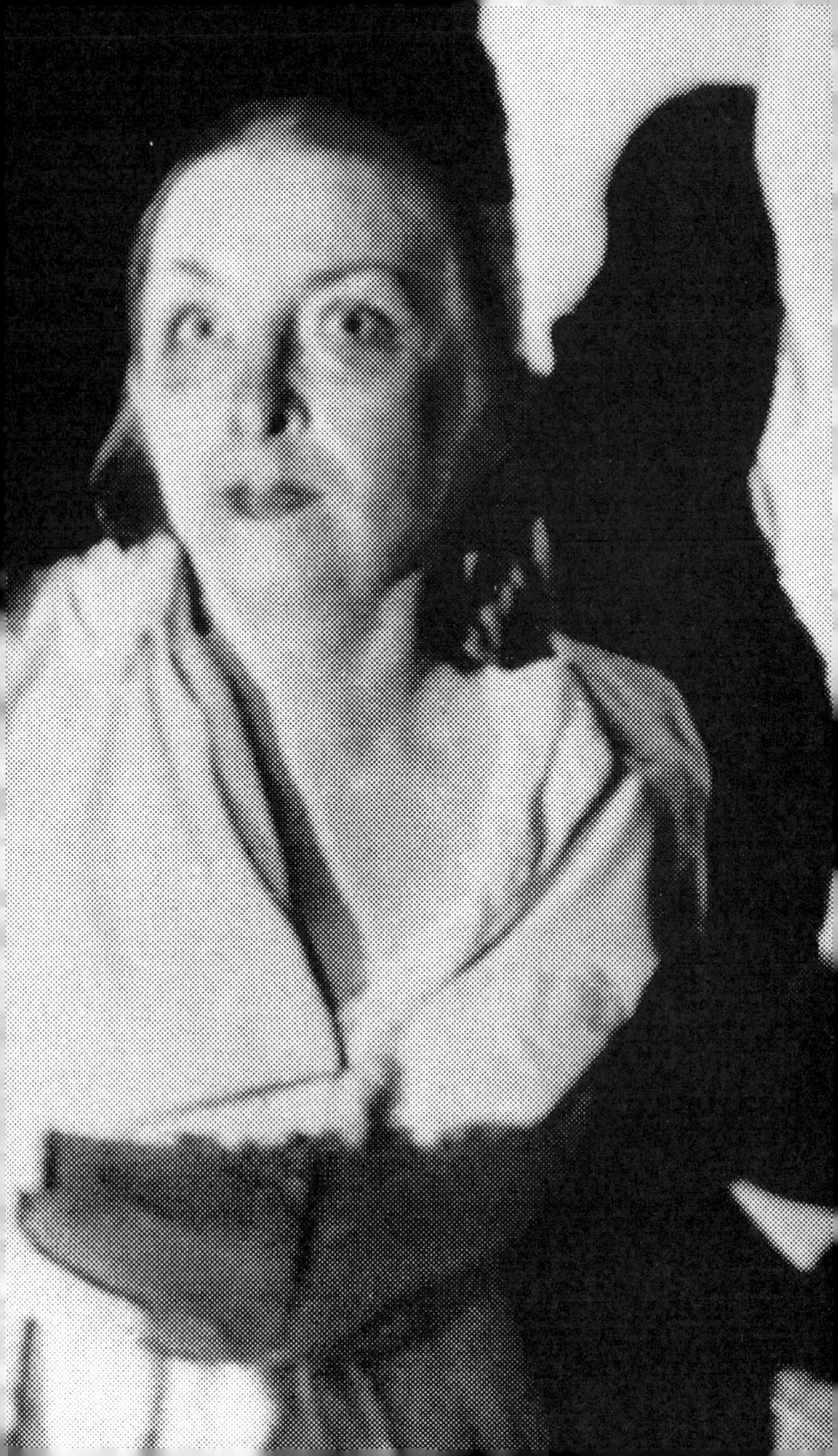

BLUT IN DER MÜLHEIMER STADTHALLE

DAS ATTENTAT AUF OSKAR LAFONTAINE

25. APRIL 1990

1990 war ein Superwahljahr. In der DDR schritt man zu den letzten Kommunal- und Volkskammerwahlen, deutschlandweit wurde über gleich zehn neue Landtage entschieden. Und am 2. Dezember schließlich stand die Wahl zum ersten gesamtdeutschen Bundestag nach der Wiedervereinigung am 3. Oktober an. Den Anfang hatte im Januar das Saarland gemacht, wo Oskar Lafontaine für die SPD einen überzeugenden Sieg einfuhr. Seine 54,4 Prozent machten ihn zugleich zum Kanzlerkandidaten der Sozialdemokraten. Nur ihm traute man zu, Helmut Kohl vom Thron zu stoßen.

Als Spitzenmann seiner Partei ist der Mann aus Saarlouis fortan im Dauereinsatz. Lafontaine gilt als charismatisch, als ein ebenso brillanter wie konfrontativer Redner. Auch Johannes Rau, seit 1978 Ministerpräsident von Nordrhein-Westfalen, spannt ihn für seinen Landtagswahlkampf ein. Am 25. April steht Lafontaine in Köln-Mülheim am Mikrofon. Die Stadthalle ist überfüllt, sämtliche 1020 Stühle sind besetzt, für 700 Menschen bleibt nur ein Stehplatz. Der Saarländer spricht über die Finanzierung der deutschen Einheit, zerrupft die Pläne der schwarz-gelben Koalition und reißt seine Zuhörer mit. Die Rede ist längst vorüber, die Fotos Arm in Arm mit Rau sind geschossen, als eine schmächtige, blasse Frau die Bühne betritt. Kurz darauf wird es laut in der Halle. Geschrei, Panik, Johannes Rau wird von Sicherheitsbeamten nach hinten geführt. Oskar Lafontaine hingegen liegt blutüberströmt neben dem Rednerpult.

Adelheid Streidel ist zu diesem Zeitpunkt 42 Jahre alt. Die nur 1,51 Meter kleine Eiflerin hat sich das Gesicht wie so oft weiß gepudert. Ihre Brauen sind pointiert nachgezogen, die Lippen rot geschminkt. Unpassend für die noch kalte Jahreszeit, trägt sie eine leichte weiße Bluse und einen ebensolchen Rock. Schon in den Wochen zuvor soll sie mehrere Wahlkampfveranstaltungen besucht haben – eine mit Kanzler Helmut Kohl (CDU) in Köln, eine weitere mit SPD-Mann Oskar Lafontaine. Mitte April hat sie sich in ihrem Heimatort Bad Neuenahr zwei Küchenmesser gekauft, 30 und 20 Zentimeter lang.

Gerade erst hat sie nach langer Arbeitslosigkeit wieder eine Anstellung gefunden, als Arzthelferin bei einem Internisten. An jenem 25. April setzt sie sich in ein Taxi. Sie bittet den Fahrer, eine Kassette mit klassischer Musik einzulegen. Danach, so der Chauffeur, schweigt sie die gesamte Fahrt nach Köln über. Die lange Tour kostet 116,80 Mark, Adelheid Streidel gibt dem Mann 1,20 Mark Trinkgeld. Was denn hier überhaupt anstehe, will er zum Abschied von ihr wissen. »Hier spricht heute der Rau, den will ich mir anhören«, antwortet sie.

Um 19.30 Uhr soll der politische Abend beginnen. Adelheid Streidel jedoch kommt bereits mittags in Köln an. Weil sie eine Laufmasche bemerkt, kauft sie sich eine neue Strumpfhose. Sie trinkt einen Kaffee und ersteht zwei Blumensträuße. »Sehr nervös« habe die Frau auf ihn gewirkt, gab der Blumenhändler später zu Protokoll. Als sie sich gegen halb vier in den noch völlig leeren Saal setzt, probt auf der Bühne eine Rockband. Polizisten, die das Terrain mit einem Sprengstoffspürhund durchsuchen, schicken Streidel noch einmal nach draußen.

»Die kam ein paarmal runter und hat sich immer wieder nachgeschminkt«, erinnerte sich die Garderobiere der Stadthalle an Adelheid Streidel. »Die hantierte dauernd mit ihrer Tasche, stellte sie unter den Stuhl und holte sie wieder rauf, nahm die Blumen heraus und steckte sie wieder hinein«, ergänzte die Europa-

Abgeordnete Gepa Maibaum. Sie saß während der Reden in der ersten Reihe, Adelheid Streidel hinter ihr, direkt am Mittelgang.

Schon vor den ersten Beiträgen versucht sie auf die Bühne zu kommen. Sie wolle doch nur Blumen überreichen und sich ein Autogramm geben lassen, erklärt sie den Wachhabenden. Aber sie wird abgewiesen, mehrmals im Verlauf der nächsten Stunden. »Sie wissen doch, dass Sie nicht hinauf dürfen«, erklärt ihr ein Ordner.

Gegen 20.45 Uhr endet der offizielle Teil des Abends mit einem Schlusswort der Kölner SPD-Landtagskandidatin und nordrhein-westfälischen Wissenschaftsministerin Anke Brunn. Die meisten Gäste verlassen den Saal, einige drängen nach vorn zur Bühne. Thomas Morawski war für die ARD mit einem Kamerateam vor Ort, es ging um ein Porträt von Johannes Rau. Er erinnerte sich, dass die seltsame Frau in Weiß den Windschatten des Fernsehteams nutzte, um schlussendlich doch noch auf das Podium zu gelangen.

Rau und Lafontaine sind mit ihren Gedanken längst woanders. »Fährst du auch nach Bonn?«, fragt Rau. »Nein«, antwortet Lafontaine, »ich will nach Hause.« Währenddessen haben die SPD-Ordner entschieden, dass es ein schönes Schlussbild ergäbe, wenn die kleine Frau den Politikern ihre Sträuße überreichen würde. Endlich darf sie Lafontaine ihre Margeriten geben. Zugleich hält sie ihm einen Autogrammblock entgegen, der den Kanzlerkandidaten zwingt, in seiner Jacke nach einem Kugelschreiber zu suchen. Diesen Moment der Wehrlosigkeit nutzt die Attentäterin, um das zwischen den Blumen versteckte Messer zu zücken und Lafontaine in den Hals zu stechen.

»Wir standen beide im Scheinwerferlicht«, erklärte Adelheid Streidel später den Ermittlern. »Herr Lafontaine beugte sich zur Unterschriftsleistung nieder. Dieser Augenblick war in meinem Tatplan so vorgesehen.« Sie habe die Luftröhre treffen wollen, als Arzthelferin wisse sie, dass dies einen »raschen Tod« bedeute. Allerdings sei sie »traurig, dass es nicht zum Erfolg gekommen ist, dass Herr Lafontaine nicht tot ist«.

Helfer beugen sich über den Verletzten, auch Anke Brunn. »Ich habe gedacht, der Oskar verblutet«, beschreibt sie ihre Hilflosig-

Johannes Rau, Oskar Lafontaine und der Kölner SPD-Vorsitzende
Kurt Uhlenbruch auf dem Podium in Mülheim

25. April 1990

keit. Die Frau in Weiß wird währenddessen zur Seite geschleudert und von Sicherheitsbeamten fixiert. Von allen Seiten her schreit man auf sie ein. »Wer sind Sie?«, wollen die Beamten und Fernsehleute wissen. Aber die kleine Frau wirkt vollkommen unbeteiligt, wie in Trance. »Sagen Sie Ihren Namen«, wird sie noch einmal aufgefordert. »Tu ich nicht«, scheint sie in dem kurzen Film zu antworten, der auch im Internet zu finden ist. Sie wirkt dabei wie ein patziges Kind, das seine Weigerung mit leichtem Kopfschütteln und einem Schmollmund begleitet. Während die Notärzte in der Kölner Uniklinik um das Leben von Oskar Lafontaine kämpfen, wird Adelheid Streidel ins Polizeipräsidium am Waidmarkt gebracht.

»EIN FRÖHLICHER, LEBENSLUSTIGER MENSCH«

Geboren am 28. Juli 1947, wuchs Adelheid Streidel in Heppingen auf, einem Stadtteil von Bad Neuenahr in der Eifel. Auch der nur vier Jahre ältere Oskar Lafontaine verbrachte einen Großteil seiner Jugend in der Eifel. Wie die spätere Attentäterin besuchte er eine Klosterschule, um dann sein Abitur am Regino-Gymnasium in Prüm zu machen.

Als Kind soll sie »ein fröhlicher, lebenslustiger Mensch« gewesen sein, »arbeitsam, intelligent, im Beruf sehr erfolgreich«, erzählte Adelheid Streidels Schwester Irene Niehues einem Fernsehteam. Ein Foto aus den 1970ern zeigt Adelheid Streidel mit einem feinen Lächeln, eine durchaus sympathisch wirkende junge Frau. Spätestens nach ihrer Scheidung 1978 jedoch verwandelte sich ihr Wesen. Ihre »Stimmen« und »Erscheinungen« habe ihr Ehemann »höchst albern« gefunden, sagte sie vor Gericht, »und danach haben wir uns getrennt«. Sie zog zurück zu ihrem Vater, ins Einfamilienhaus nach Heppingen. Dort legte sie Löffel auf die Türklinken – für den Fall, dass Außerirdische ins Haus wollten.

In dem kleinen Ort, der für seinen Heilwasserbrunnen bekannt ist, gilt sie als schrullig. »Die Adelheid ist ein bisschen gaga«, heißt es. Auch rein äußerlich fällt sie auf. Im Sommer trägt sie einen

Pelzmantel, im Winter leichte, immer helle Kleider. Auch der weiße Teint, die markanten Brauen und die grell gefärbten Lippen gehörten damals schon zu ihren Markenzeichen.

Mitte der 1980er beginnt sie, nachts Plakate zu kleben, die sie eigenhändig beschriftet hat: »Gegen Menschentötungsfabriken«, steht da zu lesen, »Menschenlager mit Todesfolge der Bonner Regierung und auf der ganzen Erde.« Schwester und Schwager bemühen sich anfangs, die kruden Botschaften wieder zu entfernen. Aber Adelheids Aktionen werden drastischer. Im Januar 1986 legt sie Feuer in einer Heppinger Druckerei. Es entsteht nur geringer Sachschaden. Im selben Jahr schickt sie via Fleurop Blumen an das RAF-Mitglied Christian Klar. »Sie tun mir leid«, schreibt sie dem in Stuttgart-Stammheim Inhaftierten. Doch soll sie auch auf Demonstrationen der rechtsradikalen Republikaner gesehen worden sein. Als sie schließlich nach einer Schusswaffe Ausschau hält, reicht es ihrer Schwester. Sie beantragt die »Gebrechlichkeitspflegschaft« für Adelheid, die auch genehmigt wird. Mit der Diagnose »paranoide Schizophrenie« wird Adelheid Streidel 1986 erstmals in die Psychiatrie eingewiesen. Schon vier Monate später entlässt man sie aus der Landesklinik Andernach. Und gegen den Willen ihrer Schwester hebt das Amtsgericht Bad Neuenahr die Pflegschaft im Juni 1987 vollständig auf – ein fataler Fehler, wie sich herausstellen sollte.

EIN GESCHLOSSENES SYSTEM

Frühjahr 1989: Adelheid Streidel hat Spritzen und Medikamente vollständig abgesetzt. Der Tod ihrer Mutter im Sommer des Jahres verstärkt den Schub, der sie in dieser Zeit ereilt. Erneut bemüht sie sich um eine Waffe, sie demoliert die elterliche Wohnung und attackiert ihren Vater auch körperlich. Inwiefern zwei Vergewaltigungen, die sie vor Gericht zu Protokoll gibt, eine Rolle bei ihrer Persönlichkeitsentwicklung gespielt haben könnten, wird nie untersucht. Am 9. Dezember unternimmt sie einen Selbstmordversuch und kommt ins Krankenhaus Maria Hilf in Bad Neuenahr.

Adelheid Streidel im Publikum am 25. April 1990

Die Entlassungsauflage, eine Therapie zu beginnen, ignoriert sie. »Zwanzig- bis fünfundzwanzigmal« habe sie die Amtsärztin kontaktiert, um ein neues Gutachten zu erhalten, erzählte Schwester Irene später. »Meiner Meinung nach eilt die Angelegenheit sehr, da sie stark selbstmordgefährdet ist und durch die wieder aufgetretene Aggression auch eine Gefahr für andere besteht«, schreibt sie der Behörde. Aber die Mühlen der Bürokratie mahlen zu langsam, und auch das Amtsgericht wiegelt ab. Sie habe in den Notizen ihrer Schwester die Adressen einiger prominenter Politiker gefunden, trägt Irene dort vor. »Die haben doch alle Bodyguards, da kommt doch keiner ran«, wird ihr erklärt. Irene Niehues ist sich sicher: Zu dem Attentat auf Oskar Lafontaine wäre es nicht gekommen, wenn die Behörden konsequenter reagiert hätten.

Adelheid Streidels Wahnvorstellungen haben sich indes zu einem geschlossenen System verdichtet. Einwände anderer tut sie verächtlich ab. Schließlich, so erzählt sie vor Gericht, habe Jesus persönlich zu ihr gesprochen. Er habe ihr erzählt, dass die Politik geheime unterirdische Lager angelegt habe. In diesen »Menschenfabriken« würden vor allem Vertreter der unteren Schichten zu Tausenden getötet und »zu Wurst verarbeitet« – ein Plot, der an den Film *Soylent Green* aus dem Jahr erinnert. Andere Opfer transformiere man zu Intellektuellen, indem man ihnen neue Köpfe annähe. Kanzler Helmut Kohl wisse Bescheid, sie habe einen Film gesehen, in dem er eine derartige Einrichtung besichtige. Sie habe Anzeige gegen den Kanzler erstattet, auf die jedoch niemand reagiert habe. Stattdessen sei ihr dann Jesus Christus erschienen. Sein Auftrag für sie: die Bevölkerung aufzuklären. Weil das mit den Plakaten an Heppinger Bäumen nicht klappte, glaubte sie schließlich, »selbst nach Bonn gehen zu müssen, um einen Politiker zu töten«.

In ihrem Notizbuch finden sich später die Namen Helmut Kohl, Norbert Blüm und Hans-Dietrich Genscher. Außerdem listete sie dort die Wahlkampfveranstaltungen der großen Parteien auf. Warum sie sich schließlich für Lafontaine entschied, wusste sie offenbar selbst nicht. Er sei ihr »im Moment politisch wert-

Der verletzte Oskar Lafontaine wird von Personenschützern gestützt.

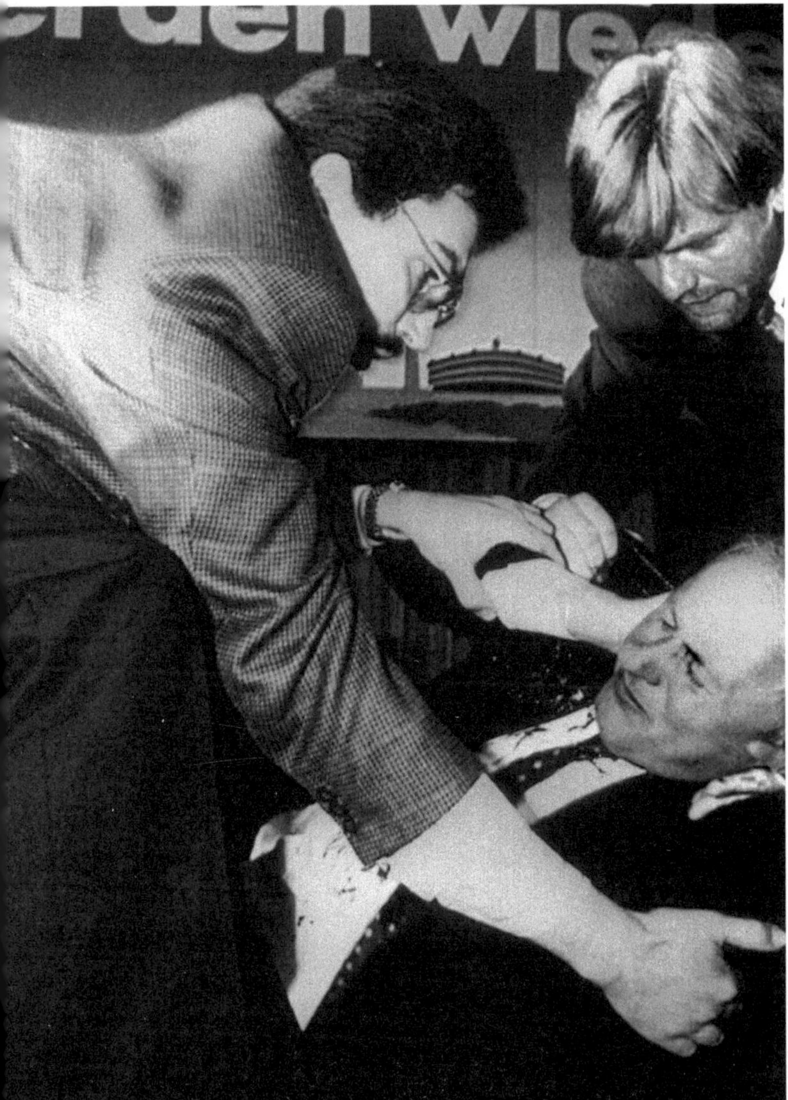

Blutspuren in der Mülheimer Stadthalle nach dem Attentat

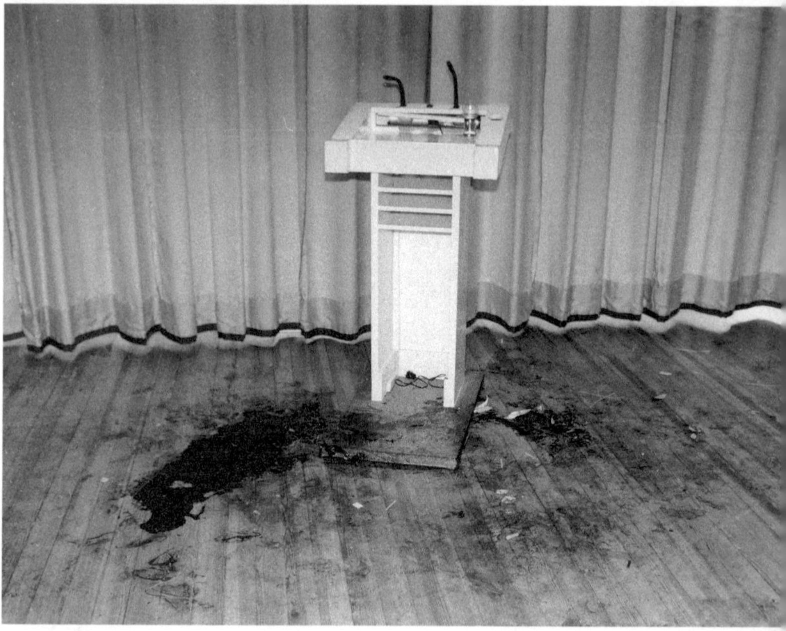

voller« als der neben ihm stehende Johannes Rau vorgekommen. Es habe sich um eine »private politische Entscheidung« in letzter Sekunde gehandelt, »damit ich vor Gericht gestellt werde und damit das in die Presse kommt«. Während anderer Vernehmungen erklärte sie hingegen schlicht, es sei ihr egal gewesen, ob Lafontaine oder Rau zum Opfer wurden. Letzterer habe lediglich ungünstiger gestanden.

KANDIDATUR, RÜCKTRITT UND AUSTRITT

Lafontaines Zustand sei »primär lebensbedrohlich«, sagte Gefäßchirurg Heinz Pichlmaier nach der zweistündigen Notoperation in der Kölner Universitätsklinik. Ob der Politiker bleibende Schäden davontrage, sei noch nicht abzusehen. Die Klinge hatte seine Hauptschlagader um wenige Millimeter verfehlt. Er verlor drei Liter Blut, überlebte das Attentat aber. Acht Stunden nach dem Angriff, morgens um 4.15 Uhr, erwachte er aus der Narkose. Trotz seines Zustands versucht er, gute Laune zu verbreiten. Er könne am morgigen Freitag leider nicht im Bundestag reden, flachste er gegenüber SPD-Chef Hans-Jochen Vogel.

Viele Wochen sollten vergehen, bis Lafontaine körperlich wieder einigermaßen auf dem Damm war. Aber die SPD bedrängte ihn, an seiner Kanzlerkandidatur festzuhalten. Noch am Krankenbett wurde eine Live-Schalte eingerichtet. »Ich habe nicht den geringsten Eindruck, dass er schwankt«, sprach sein Wahlkampf-Manager, der saarländische SPD-Fraktionsvorsitzende Reinhard Klimmt, in die Mikrofone.

Aber in Lafontaine sah es ganz anders aus. Er wollte nicht mehr, und er konnte nicht mehr. Nur dass da eben niemand vortrat, der bereit war, ihn zu ersetzen. Auch sein ewiger Kontrahent Gerhard Schröder stieg nicht in den Ring. Er steuerte stattdessen auf die Landtagswahl in Niedersachsen am 13. Mai zu. Nachdem er CDU-Mann Ernst Albrecht als Ministerpräsidenten abgelöst hatte, resümierte er laut Lafontaine »in seinem unnachahmlichen Charme«: »Der Stich in den Hals hat zwei Prozent gebracht.«

Lafontaine selbst hingegen brachte der Stich nur Ängste und Zweifel. »Ich war nach dem Attentat sehr geschwächt und habe den richtigen Ton nicht mehr getroffen. Es ging mir wie einem Boxer, der mit weichen Knien wieder in den Ring steigen muss.« Er habe die weiteren Wahlkampftermine unter steter Furcht hinter sich gebracht, »besonders wenn das Gedränge sehr groß war«.

Hinzu kam, dass der Kandidat nicht mehr den vollen Rückhalt seiner Partei genoss. Seine Ideen zur bevorstehenden Währungsunion trafen nicht mehr den Konsens der Genossen. Lafontaine bot noch einmal seinen Rücktritt an, wurde jedoch erneut zum Durchhalten überredet. Dass man die Bundestagswahl im Dezember verlieren werde, »daran gab es keinen Zweifel mehr«: »Lange Zeit musste ich mir natürlich einreden, dass ich eine Siegchance habe. Sonst hätte ich den Wahlkampf gar nicht durchgestanden.«

Es kam, wie es kommen musste: Die SPD errang lediglich 33,5 Prozent der Zweitstimmen, 3,5 weniger als drei Jahre zuvor. Helmut Kohl ging in seine vierte Legislaturperiode als Bundeskanzler. Oskar Lafontaine hingegen verabschiedete sich zunächst aus der Bundespolitik. Den ihm angebotenen SPD-Vorsitz lehnte er ab, um sich auf sein Amt als saarländischer Ministerpräsident zu konzentrieren. Mit der Zeit sollte sich herausstellen, dass der Bruch mit seiner Partei und dem neuen stärksten Mann Gerhard Schröder tiefer war als gedacht. Nach dem Sieg bei der Bundestagswahl 1998 übernahm er im Kabinett Schröder zwar zunächst das Finanzministerium. Aber schon im März 1999 trat er überraschend zurück und legte auch sein Bundestagsmandat nieder. 2005 schließlich verließ er die SPD und war anschließend maßgeblich an der Gründung der Partei Die Linke beteiligt.

»DASS DAS LEBEN ENDLICH IST«

Nach dem Attentat habe er sich gefragt, ob er überhaupt zurückkehren sollte in die Politik. In seinem Buch *Das Herz schlägt links* (1999) schrieb er: »Das Attentat hatte mich verändert. Ich hatte erfahren, wie wenig verlässlich Macht, Anerkennung und politi-

Abtransport des schwer verletzten SPD-Kanzlerkandidaten

Die Täterin Adelheid Streidel als junge Frau

scher Erfolg sind. Der Gedanke, mein Leben so einzurichten, dass ich mir bei einem plötzlichen Ende keine zu starken Vorwürfe machen müsste, ließ mich nicht mehr los.«

Während sich Lafontaine seiner Traumatisierung bewusst war, hielt sich die Attentäterin Adelheid Streidel für unangreifbar. »Ich möchte, dass Sie ins Protokoll aufnehmen, dass ich total gesund bin«, forderte sie den Richter während ihres Prozesses in Köln mehrere Male auf. »Organisch und geistig« sei sie vollkommen auf der Höhe, ganz im Gegensatz zu den Menschen um sie herum: »Das ist alles Quatsch, was hier gesagt wird. Ich habe selber zwei Jahre in der Psychiatrie gearbeitet.«

Ihr Prozess schlägt mediale Wellen. Der Saal ist proppenvoll, und weil dort nicht gefilmt werden darf, erklimmen Kameraleute von RTL II das Dach der angrenzenden Holzhandlung. Adelheid Streidel verfolgt ihren Prozess über weite Strecken gelangweilt, hin und wieder empört. Mal zieht sie die Augenbrauen genervt nach oben, mal »lächelt sie huldvoll die Gerichtszeichner an« oder »zupft indigniert an ihrer weißen, rüschenbesetzten Bluse«, wie die *Tageszeitung* schrieb.

»Ich wollte Herrn Lafontaine töten, damit ich vor Gericht gestellt werde«, erzählt sie ohne Reue, um aufs Neue auf ihren göttlichen Auftrag und die »Menschentötungsfabriken« zurückzukommen. »Ist Ihre Mission nun erfüllt?«, fragt der Vorsitzende Richter Bruno Terhorst an einer Stelle. »Nein«, antwortet die Angeklagte, »ich habe mein Ziel nicht erreicht. Solange ich in Deutschland lebe, habe ich den Auftrag, einen Politiker zu töten.«

Ein Gutachter attestiert ihr, unter einer paranoiden Schizophrenie mit einem »geschlossenen Wahnsystem« zu leiden. Von Beginn an gehen Richter und Staatsanwaltschaft davon aus, dass diese Frau »nicht schuldfähig« ist. Nach Paragraf 63 StGB wird die dauerhafte Unterbringung in einer psychiatrischen Anstalt angeordnet.

Adelheid Streidel hält dieses Urteil für »absoluten Unfug«. »Ich brauche nicht behandelt zu werden. Ich bestehe auf Freispruch.« Die folgenden 23 Jahre verbringt sie in der Psychiatrie.

Im Jahr 2013 wechselt sie unter Auflagen in ein Pflegeheim, wo sie unter falschem Namen lebt. Ihre Überwachung wird noch einmal verschärft, als sie schon im Folgejahr wieder einen – nie veröffentlichten – Brief an einen Politiker verfasst. Seit Juni 2020 schließlich ist Adelheid Streidel frei von Bewährungsauflagen. Es sei nicht zu erwarten, dass die zu diesem Zeitpunkt 72-Jährige weitere Straftaten begehe, so ein Kölner Gericht. Ihr einstiges Opfer, Oskar Lafontaine, erfuhr davon aus den Nachrichten. Selten hat er in Interviews über das Attentat von 1990 gesprochen. Man brauche »offenbar doch Jahre, um so etwas zu überwinden«, sagte er einmal. Und 2018, anlässlich seines 75. Geburtstags, gab er zu: »Natürlich war das Attentat ein Schlüsselerlebnis meines Lebens. Zum ersten Mal war ich damit konfrontiert, dass das Leben endlich ist.«

Dass es anno 1990 noch ganz anders für ihn hätte kommen können, belegt der weitere Verlauf des Jahres. Zwar war der Personenschutz hochrangiger Politiker nach dem RAF-Mord an Alfred Herrhausen im Dezember 1989 noch einmal verstärkt worden. Aber während politische Attentäter zumindest berechenbar scheinen, gilt dies nicht für die Angriffe psychisch Kranker. Das musste nach Oskar Lafontaine auch Wolfgang Schäuble leidvoll erfahren. Der damalige Innenminister wurde am 12. Oktober 1990, ebenfalls während einer Wahlkampfveranstaltung, von dem paranoid-schizophrenen Dieter Kaufmann niedergeschossen. Seither ist er querschnittsgelähmt. Oskar Lafontaine, politisch einer seiner schärfsten Kontrahenten, gehörte zu Schäubles ersten Besuchern. Gefragt nach dem Warum, antwortete Lafontaine: »Ich dachte, es wäre richtig. Anders kann ich das im Nachhinein gar nicht begründen.«

RAUB IN DER DOM-SCHATZKAMMER

DAS LIEBLINGSKREUZ DES KARDINALS

8. FEBRUAR 1995

Es mutete an wie ein kölsches Theaterstück, und am Ende wurde tatsächlich eines daraus gemacht. Die Hauptrollen im Original spielten: ein Domprobst und ein Schwerverbrecher. Aber wer nun denkt, die beiden Protagonisten stritten miteinander, irrt sich. Denn stattdessen zogen sie an einem Strang, der Bernard Henrichs und der Heinrich Schäfer, »Schäfers Nas« genannt. Und was mit großem Entsetzen begann, endete mit Friede, Freude, Glockenläuten.

Die Kölner Domschatzkammer beherbergt sakrale Kunst aus den vergangenen 1600 Jahren. Am Nachmittag des 8. Februar 1995 fehlte plötzlich ein Objekt der Sammlung: Offenbar während der normalen Besuchszeit war ein 83 mal 43,5 Zentimeter großes Vortragekreuz gestohlen worden. Während andere Ausstellungsstücke gut gesichert waren, hatte man das Kreuz lediglich mit einer Spange befestigt. »Jemand hat es in einem unbeobachteten Moment von der Tragestange abgeschraubt und dann unter die Jacke gesteckt«, rekonstruierte der Pressesprecher des Erzbistums Manfred Becker-Huberti den Diebstahl. Dass es sich um das Lieblingskreuz von Kardinal Joachim Meisner (1933–2017) handelte, machte den Verlust umso herber.

Vortragekreuze (auch Prozessionskreuze genannt) werden auf Stangen befestigt – ähnlich militärischen Standarten. Sie kommen vor allem bei Begräbnissen und Wallfahrten zum Einsatz. Das Kölner Kreuz wurde zudem stets beim Einzug der Erzbischöfe in den Dom vorangetragen. Wie seine Vorgänger wurde auch Meisner am Domportal mit dem Kreuz empfangen, um dann hinter diesem zum Altar zu schreiten.

Das neugotische Kreuz hatte 1892 der Kölner Goldschmied Gabriel Hermeling (1833–1904) geschaffen. Der »Kaiserliche Hofschmied und Emailleur« leitete eine der führenden Manufakturen im Rheinland. Sein Ruf reichte bis nach Berlin, Kaiser Wilhelm II. gehörte zu seinen Bewunderern. Das Exemplar der Domschatzkammer besteht vor allem aus Silber, ist jedoch teilweise vergoldet. Die emaillierten Medaillons an den Kreuzbalkenenden zeigen die Symbole der vier Evangelisten: der Löwe für Markus, der Stier für Lukas, der Adler für Johannes und der Mensch für Matthäus. Auf der Rückseite findet man Darstellungen verschiedener Heiliger, darunter die für Köln so bedeutenden Heiligen Drei Könige. Die Empörung über den dreisten Raub war einhellig. »Selbst der Dom ist den Ganoven nicht mehr heilig«, schrieb die *Kölnische Rundschau.*

»Den Dom bestiehlt man nicht«, heißt es in Köln. Dabei wird jedoch gern vergessen, dass sich der Dombau selbst einem Diebstahl verdankt. Denn den Grundstein für die neue Kathedrale legte ein Raub: Der Kölner Erzbischof Rainald von Dassel hatte Kaiser Barbarossa auf dessen Feldzug gegen Mailand begleitet. Als Lohn erhielt er die bis dato in Italien beheimateten Gebeine der Heiligen Drei Könige. Rainald transportierte sie heimlich über die Alpen, bevor man sie am 23. Juli 1164 feierlich in die Stadt trug. Um die fette Beute gebührend zu präsentieren, wurde der alte Hildebold-Dom abgerissen. Ab 1248 machte man sich an die Errichtung eines neuen, nun gotischen Bauwerks, heute als der Kölner Dom bekannt.

Immer wieder kam es im Laufe der Jahrhunderte zu Einbrüchen. So meldete der Kaplan am 19. Oktober 1820 dem Dompfarrer: »Ich fürchte, Herr Pastor, wir sind bestohlen.« Räuber hatten den Dreikönigsschrein geschändet und dabei Edelsteine und Gold im Wert von 1,5 Millionen Talern mitgehen lassen. Zwar fand man das Diebesgut später wieder, aber der Schaden war immens.

Dreist war auch der berühmt gewordene Raubzug vom November 1975: Drei Einbrecher unter Führung des Jugoslawen Ljubomir Ernst verschafften sich damals Zugang zur Domschatzkammer. Borislaw T., der schmalste von ihnen, erklomm mittels einer Strickleiter den sechs Meter hohen Bauzaun vor der Kammer. Er zwängte sich durch einen Lüftungsschacht, legte die kümmerliche Alarmanlage still und stand schließlich im Gewölbe. Dort brach er eine Vitrine nach der nächsten auf und stopfte genau jene Objekte in seinen Sack, die Bandenboss Ernst zuvor im Katalog angekreuzt hatte.

Der Dieb hatte seine Liste beinahe abgearbeitet, als ihm um 0.25 Uhr eine Monstranz aus der Hand fiel. Zwei Wächter hörten das Geschepper und eilten herbei. Den Eindringling stellen konnten sie allerdings nicht – sie besaßen keinen Schlüssel zur Schatzkammer. Auch ahnten sie nichts von dem Fluchtweg durch den

Luftschacht. Viel zu spät traf schließlich die Polizei ein. Längst war das Einbrechertrio samt seiner Beute entkommen.

Der »größte Kirchenraub in Köln seit der französischen Besatzungszeit vor fast 200 Jahren« sorgte für Verluste von geschätzten 10 bis 15 Millionen Mark. Neben Diamanten und Goldschmuck ging unter anderem eine wertvolle Paxtafel des Kardinals Albrecht von Brandenburg von 1533 für immer verloren. Aber die Ermittler hatten eine Fährte. »Es gibt in Köln nur einen, der so bescheuert ist, den Domschatz zu klauen: Lubomir Ernst«, hieß es bei der eigens gegründeten Sonderkommission der Kölner Kripo. Und das sollte sich bewahrheiten. Im Juni 1976 wurden Ernsts Komplizen festgenommen. In ihrem Auto hatte man einen Beutel mit zerschlagenen Teilen aus dem Raubgut sichergestellt. Der Anführer selbst hatte sich nach Italien abgesetzt. Wie 20 Jahre später beim Raub des Vortragekreuzes soll der entscheidende Tipp zur Festnahme aus der Unterwelt gekommen sein. Ljubomir Ernst wurde in Mailand verhaftet und im März 1978 zu siebeneinhalb Jahren Haft verurteilt. Seine beiden Mittäter kassierten jeweils fünf Jahre.

TEUFEL UND BEELZEBUB

Domprobst Bernard Henrichs (1928–2007) wird sich an die Ereignisse von 1975 erinnert haben, als man ihn 1995 mit dem Raub des Vortragekreuzes konfrontierte. Der in Opladen geborene Priester galt zu Lebzeiten als der »Don Camillo von Köln«. Er präsentierte sich als so humorvoll wie volksnah, ein echter Vertreter des »Rheinischen Katholizismus«. Bekannt für seine unkonventionelle Art, kam dem Regimentspfarrer der Kölner Ehrengarde auch in diesem Fall eine überraschende Idee: Wie wäre es, fragte er sich, wenn man den Teufel mit dem Beelzebub austrieb? Wenn jemand wissen konnte, wer das Kreuz entwendet hatte, dann doch wohl die Herrschaften aus dem kriminellen Milieu!

Der Chef des Domkapitels wandte sich an den einstigen König der Kölner Unterwelt: Heinrich »de Nas« Schäfer. Und der sagte spontan seine Hilfe zu. »Dat jeit nit, d'r Dom bekläut m'r nit«, soll

Ein zeitgenössischer Artikel aus der ›Kölnischen Rundschau‹, der allerdings das falsche Kreuz zeigt

Kunstwerk verschwand aus Domschatzkammer

Diebe stahlen Kreuz des Erzbischofs

Selbst der Dom ist den Ganoven nicht mehr heilig: Unbekannte Diebe haben am Mittwoch aus der Schatzkammer der Kathedrale ein Silberkreuz des Kölner Erzbischofs gestohlen. Es handelt sich um das Vortrage-Kreuz, mit dem der Oberhirte bei Gottesdiensten am Domportal empfangen und zum Altar geleitet wird. Das etwa 51 Zentimeter große Kunstwerk aus Silber und Email, das um 1880 von dem Goldschmied Gabriel Hermeling gefertigt wurde, zeigt auf der Vorderseite den Gekreuzigten sowie die Symbole der vier Evangelisten; auf der Rückseite befinden sich eine Abbildung der Gottesmutter Maria und vier Darstellungen heiliger Kölner Bischöfe.

Obwohl der materielle Wert des Vortrage-Kreuzes relativ gering ist, er wird auf 800 Mark geschätzt, hat das Domkapitel für die Wiederbeschaffung des Stücks eine Belohnung von 3000 Mark ausgesetzt. Denn das Kunstwerk ist seit über 100 Jahren fester Bestandteil der Messfeiern im Dom und hat deshalb einen hohen ideellen Wert.

Der Diebstahl ereignete sich nach ersten Ermittlungen während der üblichen Besichtigungszeit zwischen 9 Uhr und 16.30 Uhr, in der zwei Wachleute in der Domschatzkammer Aufsicht führen. „Während die anderen Kunstwerke nach den schlechten Erfahrungen der letzten Jahre sehr gut gesichert sind, war das Vortrage-Kreuz lediglich mit einer Metallspange an der Wand befestigt“, berichtet Dr. Manfred Becker-Huberti, Pressesprecher des Erzbistums. „Jemand hat es in einem unbeobachteten Moment von der Tragestange abgeschraubt und dann unter die Jacke gesteckt. Die Wächter waren offenbar abgelenkt.“

Dieses Kreuz des Kölner Erzbischofs stahlen Diebe aus dem Dom.

Nach Angaben des Erzbistums dürfte der Handelswert des Kreuzes gering sein: Kirchliche Kunst aus dem 19. Jahrhundert sei nahezu unverkäuflich. „Zumal wenn der Kunsthändler davon ausgehen muß, daß es sich um Diebesgut handelt“, so Becker-Huberti. Hinweise an die Dompropstei, Telefon 16 42-523 (vormittags). **gt**

Schäfer geantwortet haben. Um dann über die Boulevardmedien den unbekannten Tätern zu drohen: »Entweder das Kreuz kommt zurück, oder es gibt Ärger!«

Heinrich Schäfer (1936–1997) verdiente sein Geld zunächst als Ringroller (Hafenarbeiter), bevor er eine kriminelle Karriere als Türsteher und Schläger begann. Der 1,95 Meter große, 140 Kilo schwere Mann mit der mächtigen Nase stieg in den 1960er Jahren zur Kölner Unterweltgröße auf. Legendär ist seine Rivalität mit Anton Dumm, genannt »Dummse Tünn«, mit dem er sich um die Vorherrschaft auf den Ringen, im Friesenviertel und auf dem Eigelstein stritt. Zur Zeit des Domdiebstahls war seine Ära eigentlich längst vorbei – jüngere, ausländische Banden hatten das Kommando in den Rotlichtvierteln übernommen. Aber Schäfers gigantische Pranken reichten noch immer ziemlich weit.

Anno 1995 lebte die Nas auf einem zur Luxusyacht umgebauten ehemaligen Torpedo-Abfangboot im Rheinauhafen. Die 22 Meter lange *MS Colorado* hatte er mit einem künstlichen Kamin, Eichenholzschnitzereien und vergoldeten Wasserhähnen ausstatten lassen. Das 328 PS starke Hausboot war ihm ein Rückzugsort, aber zugleich zog er von hier aus noch so manche Strippe. Für Dompropst Henrichs ließ er seine alten Kontakte noch einmal spielen.

EIN KÖLSCHES HAPPY END

Kirchenmann bittet Gangster um Hilfe, und der lässt sich gottesfürchtig darauf ein: Bis heute wird die Geschichte gerne so erzählt. Und wenn die Legende wirkungsmächtiger als die Wahrheit ist, lässt man das auch hin und wieder so stehen. Aber die Wirklichkeit sah dann wohl doch ein wenig anders aus, da existiert noch eine zweite Version. Die enthüllte der *Express* im November 2015 in einem Interview mit Heinrich Schäfers Witwe Petra. Zwar nennt sie dort nicht den Namen der Diebe, verrät allerdings, dass es sich um Freunde ihrer Tochter handelte. »Die sind immer klauen gegangen«, erzählte sie, und eines Tages habe einer aus der Clique »so ein Kreuz« verkaufen wollen. Sie habe zunächst empört abgelehnt, aber der Kerl sei hartnäckig geblieben: Dieses Kreuz habe man aus der Domschatzkammer geklaut, das sei »etwas für den Hein«, der ja auch als »Hehlerfürst« bekannt sei.

Wahrscheinlich wusste auch der Täter, was das Erzbistum über die Kölner Zeitungen hatte verbreiten lassen: dass kirchliche Kunst aus dem 19. Jahrhundert praktisch unverkäuflich war. Und dies galt erst recht, so Bistumssprecher Becker-Huberti, »wenn es sich um Diebesgut handelt«.

Als Petra Schäfer ihrem Mann schließlich das Angebot unterbreitete, sei der ausgerastet. Anstatt den Dieben Geld zu offerieren, stellte er ihnen ein Ultimatum. Mittwochs war das Kreuz entwendet worden, und schon am Wochenende konnte Heinrich Schäfer Vollzug melden. Der »überredete« Dieb hatte sich mit ihm getroffen und die Beute herausgerückt.

So oder so, kölsch-romantisch wurde es dann doch noch. Domprobst Henrichs weilte in einer Sitzung des Generalvikariats, als er plötzlich nach draußen gebeten wurde. Vor der Tür stand ein großer Mann mit breiten Schultern, der nicht nur wegen seiner zerschlagenen Nase im vernarbten Gesicht eher kirchenfern wirkte. Der Domprobst sei »wie vom Donner gerührt« gewesen, als er Heinrich Schäfer erkannte. Aber das sollte nicht seine größte Überraschung bleiben. Denn was die Nas da aus ihrer schlichten Sporttasche zog, war nichts anderes als das schmerzlich vermisste Lieblingskreuz des Kardinals.

Henrichs bedankte sich und wollte sodann seinen Teil des Deals erledigen. Den materiellen Wert des Kreuzes veranschlagte man damals auf lediglich 800 Mark. Der ideelle jedoch lag um ein Vielfaches höher. Der Dom hatte 3.000 Mark Finderlohn für die Wiederbeschaffung ausgeschrieben. Aber davon wollte Schäfer nichts wissen. »Vom Dom nimmt man nicht, dem Dom gibt man höchstens«, sagte er – vermutlich mit einem treuherzigen Dackelblick.

»Ich werde für Sie beten«, versprach der Domprobst, und dieses Angebot akzeptierte Schäfer schließlich: »Das tut meiner schwarzen Seele gut«, soll er geantwortet haben. Und so kam es, dass die Rotlichtgröße Schäfers Nas zu einer zentralen Figur der

Talkshow in der Neumarktpassage: Heinrich »Schäfers Nas« Schäfer, Reinold Louis, Alexandra Kassen, Willy Millowitsch, Jean Pütz und Heribert Malchers

nächsten Sonntagsmesse im heiligen Dom zu Köln avancierte. Henrichs sprach während der Predigt mit warmen Worten von Schäfers Großtat und schloss ihn in die Fürbitten ein. »Wir bitten dich, erhöre uns«, antworteten die Schäflein.

Und der Hein? Persönlich anwesend war er zwar nicht. Aber vielleicht hat er sich auf seinem Kanonenboot mal kurz bekreuzigt.

DER KÖNIG VOM FRIESENPLATZ

Die Identität der Diebe hatte Heinrich Schäfer für sich behalten. Auch Gattin Petra rückte nie damit heraus. Im Jahr 2015 hatte es sich aber offenbar auch längst erledigt: »Ich weiß, dass der Dieb tot ist. Er ist mit 28 Jahren gestorben.« Der junge Mann sei drogensüchtig gewesen und habe sein Leben nicht mehr in den Griff bekommen.

Bis heute leben allerdings die Geschichten von den legendären Raubzügen im Dom fort. Die eigenwillige Gemengelage von Gangstertum, Ganovenehre und Gottesglaube beschäftigt bis heute Künstler und Journalisten, Historiker und Stadtführer. Mit *Der Domraub* veröffentlichte Peter-Paul Zahl (1944–2011) einen Roman über den Einbruch von 1975. Der als Terrorist verurteilte Zahl hatte in den 1970er Jahren zeitweise im selben Gefängnis wie Haupttäter Ljubomir Ernst gesessen. Auch dieser wurde künstlerisch tätig: Eine Ausstellung in der Kunsthalle Bielefeld mit Bildern und Zeichnungen von Gefangenen im Oktober 1980 zeigte auch einige seiner Werke: »Ljubo malt gute Bilder. Und schlechte Bilder«, schrieb sein Knastgenosse Zahl in einer Besprechung. »Die besseren sind Ab-Bilder unser aller Obsessionen hier im Knast. Die Mordmaschine dort, die Wunschmaschine hier.«

Folkloristisch ergiebiger bleibt jedoch der Coup von 1995. Mehrere Stadttour-Organisationen offerieren Abenteuer auf den Spuren von damals: »Das Räuberteam ist nach dem Diebstahl der Monstranz auf der Flucht, die anderen Teams verfolgen die Diebe durch die Kölner Innenstadt und lösen dabei abwechslungsreiche Aufgaben und geheimnisvolle Rätsel«, heißt es in einem Angebot.

Belohnt wurde nach Heinrich Schäfer auch der dankbare Domprobst. Weil er den Milieugranden großmütig in seine Gebete eingeschlossen hatte, zeichnete ihn der Aachener Karnevalsverein 1996 mit dem »Orden wider den tierischen Ernst« aus. Die Laudatio in der Kaiserstadt hielt seinerzeit der nordrhein-westfälische Ministerpräsident Johannes Rau. Dass Fürbitten nicht immer erhört werden, mussten die Beteiligten bereits im Folgejahr lernen. Am 15. November 1997 starb Heinrich Schäfer an Herzversagen, mit nur 61 Jahren. Weil es auf dem Rhein verboten war, wurde seine Asche vor Helgoland übers Meer verstreut. »Wir hatten angefangen, seine Memoiren aufzuschreiben«, erzählte Witwe Petra später. Auch an die Verfilmung des Buches hatte man bereits gedacht: »Dolph Lundgren sollte Hein spielen.« Klar, wer sonst.

Aber dazu kam es bekanntlich nicht. Stattdessen erlebte Köln 1998 die Uraufführung des *Königs vom Friesenplatz* im Millowitsch-Theater. Peter Millowitsch hatte die Ereignisse rund um das verschwundene Kreuz aufgegriffen und konsequent in eine kölsche Komödie verwandelt. Anstatt den Actionhelden Lundgren zu engagieren, übernahm er lieber selbst die Rolle des kirchentreuen Rotlichthelden.

DER LETZTE ZEUGE

Geschichte wiederholt sich! Im Juni 2016 stiehlt ein Unbekannter eine wertvolle Kapsel aus dem Dom. Darin eine Reliquie des 2014 heiliggesprochenen Papstes Johannes Paul II. Das mit einem Blutstropfen des 2005 verstorbenen Oberhirten veredelte Tuch befand sich seit 2013 im Dom, sein Wert für die Gläubigen war unersetzlich. Aber Heinrich Schäfer war lange tot, keine Hilfe in Sicht.

Wie 1995 konnten auch in diesem Fall keine Täter ermittelt werden. Auch tauchte das Tuch nie wieder auf. Bekannt wurde allerdings, wer das gute Stück zuletzt gesehen hatte: Kardinal Joachim Meisner. Am Abend zuvor hatte er vor der Papstreliquie gebetet. »Ich hatte noch meine Hand darauf gelegt, als Geste der Verehrung, und noch das Glas mit den Fingern gespürt«, gab er freimütig zu. Der Tat verdächtigt wurde er jedoch nicht.

SHOWDOWN IM RHEINAUHAFEN

DROGEN, MÖRDER UND EIN POLIZIST ALS GEISEL

5. OKTOBER 1997

M. hatte einige Jahre bei der Kripo Düsseldorf gearbeitet, bevor er nach Kanada auswanderte. Nach einem zweijährigen Sabbatical zog es ihn dann doch wieder in den Polizeidienst. Er wechselte nach Florida und absolvierte dort eine vierjährige Spezialausbildung bei der Drogenfahndung. Eine weitere bedeutende Wende sollte sein Leben dann 1997 nehmen. M. ist zu diesem Zeitpunkt ein gut aussehender Mann Ende 30, trägt schnittige Sonnenbrillen, fährt ein rotes Cabrio – und hat eine ungemein attraktive amerikanische Geliebte.

Das »Siebengebirge« im Rheinauhafen vor der Umgestaltung

EIN TOTER EX-POLIZIST

In Miami arbeitet M. als Fahnder der amerikanischen Drug Enforcement Administration (DEA). In besagtem Jahr leitet er ein Einsatzkommando, das auf zwei internationale Drogenbosse angesetzt ist. Ausgerechnet seine Geliebte Eileen soll als Prostituierte in das kriminelle Milieu eingeschleust werden. Bevor sie das Hotelzimmer des Großdealers betritt, küssen sich M. und Eileen noch einmal sehr intensiv. »Sei vorsichtig«, raunt er ihr zu, aber dann geht so einiges verdammt schief. Denn Mr. Wimmer, der Drogenboss, ist nicht allein. Eileens Leben wird dadurch gefährdet, weshalb M. das Zimmer durch Spezialkräfte stürmen lässt. Zwar werden die Verbrecher verhaftet und das Heroin sichergestellt, aber Eileen bezahlt dafür mit ihrem Leben.

M. ist am Boden zerstört. Er betrinkt sich und fährt ausgerechnet in das Auto eines Polizisten. Der fühlt sich bedroht, ein Wort gibt das andere, und M. zieht letztlich den Kürzeren. Er wird festgenommen und landet in einer Zelle.

Hilfe kommt aus Deutschland, in Person von Kriminalrat Körber. Der Mann vom LKA in Düsseldorf hatte M. seinerzeit den Weg in die DEA geebnet. Zwar kann auch Körber nicht verhindern, dass M. die USA binnen weniger Tage verlassen muss. Aber er bietet ihm die freigewordene Stelle als Chef des Mordkommissariats der Kripo Köln an. M. schlägt ein, ohne zu ahnen, dass er sich damit schwer in die Nesseln setzt. Denn auf ebenjenen Posten hatte eigentlich F. spekuliert, der die Mordkommission 3 schon seit Monaten kommissarisch leitet. Als ihn Sekretärin Lissy über seinen neuen Vorgesetzten, den »Supercop« aus den Staaten, informiert, schnaubt F. vor Wut. Die Bestellung für seine Beförderungsfeier – 100 Liter Kölsch und ein rustikales Büfett mit Flönz, Mettschnittchen und Halvem Hahn – kann er sich nun sparen.

An sich ist F. ein durchaus gutmütiger Typ. Der untersetzte Sohn eines Polizisten mag schicke Anzüge, zu denen er Cowboystiefel trägt. Außerdem liebt er ausgefallene Autos, die er sich aus dem Fundus der Polizei leiht. Eigentlich hatte er den unerwünschten

Kollegen vom Kölner Flughafen abholen sollen. Davor jedoch kann er sich drücken, wurde doch in der Zwischenzeit eine Leiche im Rhein entdeckt. Der Tote, Hans »Hennes« Korf, ist ein ehemaliger Polizist, der sein Geld danach bei einem privaten Wachdienst verdiente. Auch Gerry Busch, Chef dieser Firma, war einst Polizist – Hauptkommissar im Drogendezernat. Er arbeitet vor allem für die Interessengemeinschaft City, einen Zusammenschluss von Geschäftsleuten in der Innenstadt, die sich vor dem Drogenmilieu schützen wollen. Mit seinen Leuten führt Busch zudem eine Art Privatkrieg gegen die Kölner Drogenmafia – ein Junkie namens Oliver Schneider soll sogar in diesem Zusammenhang gestorben sein. F.s erster Verdacht deshalb: Der Mord an Buschs Mitarbeiter Korf sei ein Racheakt der Drogenbosse.

»LEICHT MANIPULIERBAR« UND »PSYCHISCH LABIL«

Der Konflikt zwischen F. und seinem neuen Vorgesetzten ist unterdessen offen ausgebrochen. Man verweigert sich den Handschlag, fordert beleidigt zum Siezen auf und schreit sich an. M. bietet F. an, auf Teambasis zusammenzuarbeiten. Aber dieser weist jeden Annäherungsversuch zurück und ermittelt fortan an M. vorbei. Nur Assistentin Lissy ist dem charmanten Neuling durchaus zugetan.

Zum ersten Verdächtigen wird der Kleinkriminelle Zorro. Als man die Tatwaffe bei ihm findet, scheint der Fall geklärt zu sein. Aber M. ermittelt weiter. Von Wachdienst-Chef Busch hat er erfahren, dass der tote Korf zuletzt das Lager des Fischhändlers Walter Amalfi bewacht hatte. Als M. sich dort nachts ein wenig umsehen will, wird er von Sicherheitsleuten niedergeschlagen und wacht erst im Krankenhaus wieder auf.

Der Fall wird für M. nun immer verworrener. Was führen LKA-Mann Körber, das Drogendezernat der Polizei und Oberstaatsanwalt Prinz im Schilde? In welchem Verhältnis stehen sie zu den Ex-Polizisten Busch und Korf vom Wachdienst, und was haben bzw. hatten diese mit Fischhändler Amalfi, der Kölner Drogenszene und dem toten Junkie zu schaffen?

M. beschließt, Buschs Firma einmal genauer unter die Lupe zu nehmen. Und er wird fündig. Er entdeckt Akten, die Busch über Polizisten angelegt hat. Aus ihnen geht unter anderem hervor, dass sein Kollege F. anfällig für Vergünstigungen ist. Er sei »leicht manipulierbar«, »psychisch labil« und leide unter einer »dominanten Ehefrau«. Über Busch gelangte er etwa an Karten für die Karl-May-Festspiele in Elspe und für die Kölner Prunksitzung. Auch ein Bordellbesuch ist verzeichnet, jedoch habe F. dort »keinen Verkehr« gehabt.

Angesichts dieser Verfehlungen kehrt M. nun doch den Chef heraus. »Die Autoschlüssel bitte«, herrscht er F. an, nachdem er ihm aus der Busch-Akte vorgelesen hat. M.s weitere Ermittlungen ergeben, dass auch Hennes Korf offenbar mehr als korrupt war: Er hat als Drogenfahnder kleinere Mengen Heroin abgezweigt und weitervertickt. Anstatt ihn anzuklagen, schleuste das LKA ihn offenbar bei Busch ein. Und damit hat sich auch die Verdachtslage verschoben. Statt des jungen Zorro scheint Busch der Mörder von Korf zu sein.

Aber Busch leugnet und liefert M. einige Argumente für seine Unschuld in Sachen Korf. Stattdessen scheint er am »Goldenen Schuss« des Junkies Schneider nicht ganz unbeteiligt gewesen zu sein. M. wird von Busch in ein Schwesternheim geführt, wo dessen Tochter im Wachkoma liegt – der tote Junkie hatte sie angefixt. Buschs Rache gilt darüber hinaus dem Fischhändler Amalfi. In dessen Lager im Rheinauhafen kommt es dann auch zum blutigen Showdown.

FISCHE VOLLER HEROIN

Körber und Co. vom LKA Düsseldorf haben M. von Anfang an verheimlicht, um wen es ihnen wirklich ging. Weder haben sie ihn über die Doppelrolle Korfs aufgeklärt, noch darüber, dass sie es letztlich auf Walter Amalfi abgesehen haben. Denn der beliefert das gesamte Rheinland mit weißem Pulver, das er in tiefgefrorenen Fischen ins Land schmuggelt.

Als M. endlich dahinterkommt, ist es beinahe zu spät. Denn wie in Miami, endet auch der Zugriff im Rheinauhafen in der Katastrophe. Wachdienstboss Busch hat sich als Scharfschütze auf einem Hafendach postiert, um Amalfi zu töten. Der moralisch angeschlagene F. setzt zu einem Alleingang an, der für ihn als Geisel der Drogenbande endet. Als M. das mitbekommt, stiehlt er sich aus der Überwachungszentrale der Drogenfahndung, um seinen Kollegen zu befreien. Blendgranaten jagen durch die Luft, Glasdächer brechen ein, ein Kugelhagel durchsiebt das Interieur des Fischlagers. Noch immer hält Amalfi seine Waffe an die Schläfe seiner Geisel F. Als der bereits schwer verletzte Busch ihn bedroht, erschießt er ihn. M. nutzt diesen Moment, um seinerseits Amalfi zu töten. F. überlebt unverletzt.

Der Fall ist aufgeklärt, aber noch immer lodern zwei Konfliktherde. Da ist zum einen die Akte, die Busch über F. angelegt hat. M. zieht sie aus seiner Jacke und wirft sie demonstrativ in den Rhein. Vorher jedoch liest er seinem Kollegen die letzte, ihm bislang vorenthaltene Seite vor. Darin wird er, den kleinen Sünden zum Trotz, als »prinzipientreuer Polizist aus Leidenschaft« charakterisiert, den man nicht ernsthaft bestechen könne. Und damit löst sich auch der letzte Knoten der Geschichte: Die beiden Polizisten schließen Frieden. Fortan nennen sie sich nicht mehr beim Nach-, sondern beim Vornamen: Max und Freddy.

WILLKOMMEN IN KÖLN

Wer sich mit der Kölner Kriminalgeschichte ein wenig auskennt, wird bemerkt haben: Der hier skizzierte Fall hat sich nie zugetragen. Um das Rätsel aufzulösen: Es geht hier um Freddy Schenk und Max Ballauf. Bei der geschilderten Geschichte handelt es sich um den ersten Köln-*Tatort* dieses Ermittlerduos. *Willkommen in Köln* wurde am 5. Oktober 1997 ausgestrahlt, als 371. Folge der Krimiserie. Regisseur war Kaspar Heidelbach, das Drehbuch stammte von Niki Stein. Die Darsteller Dietmar Bär und Klaus J. Behrendt hatten bereits zuvor *Tatort*-Luft geschnuppert: Bär 1984 in *Zweierlei*

Ein neues Tatort-Team wird vorgestellt, ›Kölnische Rundschau‹, 5. Oktober 1997.

Neues „Tatort"-Team mit Klaus J. Behrendt und Dietmar Bär

„Willkommen in Köln"

Hamburg. (dpa) Er hatte einen sicheren Instinkt fürs andere Geschlecht und für seine Gangster. Bis vor 24 Jahren ermittelte Zollfahnder (Sieghardt Rupp) Kressin für den Kölner „Tatort", der danach eingemottet wurde. Jetzt läßt der WDR die Domstadt in der Krimireihe wieder aufleben. Mit Max Ballauf (Klaus Johannes Behrendt) und Freddy Schenk (Dietmar Bär) präsentiert die ARD ein neues Ermittlergespann.

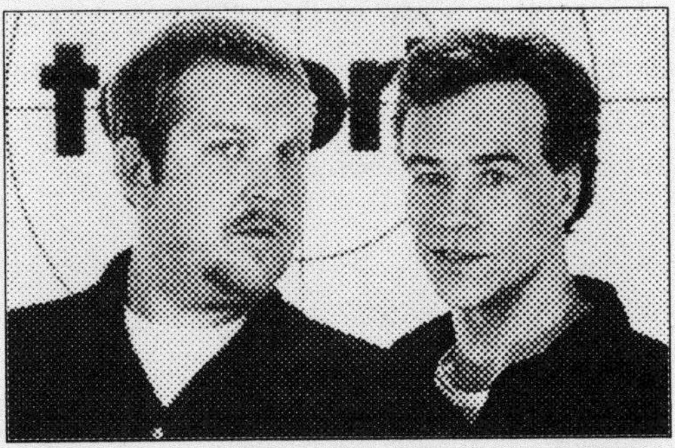

Die „Tatort"-Kommissare Freddy Schenk (Dietmar Bär) und Max Ballauf (Klaus J. Behrendt) fahnden in Köln nach bösen Buben. Foto: WDR

„Willkommen in Köln" (20.15 Uhr) heißt der erste Fall des Duos. Die beiden Schauspieler sind keine unbekannten Größen. Behrendt verdiente sich seine ersten Lorbeeren beim „Tatort" in Düsseldorf, wo er bei der Lösung von acht Fällen mithalf. Weil er dann dem Lockruf von SAT 1 nicht widerstehen konnte, mußte er aus der Reihe rausgeschrieben werden und landete laut Drehbuch in Kanada, von wo er nun zurückgekehrt ist. Dietmar Bär, der nur zwei Tage älter ist als Behrendt, wirkte bei der Serie „Blank Meier Jensen" mit und in der Ärzte-Reihe der ARD als Sportarzt Conny Knipper. Krimi-Erfahrungen sammelte er an der Seite von Kommissar Klefisch (Willy Millowitsch). Vor der Kamera, so will es das Drehbuch, fliegen zwischen den beiden die Fetzen, bevor sie sich dann wieder zusammenraufen. Hinter der Kamera sprechen sie gemeinsam ihre Texte durch. Die Gemeinsamkeiten sind nicht zu übersehen: Beide haben Berlin als neue Heimat auserkoren, Behrendt stammt aus Hamm, Bär aus Dortmund. Kennengelernt haben sich die zwei bei den Dreharbeiten zu „Leo und Charlotte" im Jahre 1990. Im ersten Fall bekommt der Amerika-Rückkehrer Ballauf es gleich mit einem Fall in eigener Sache zu tun: Im Rhein treibt die Leiche des ehemaligen Kollegen Korff, der den Polizeidienst quittiert und sich einem privaten Wachdienst angeschlossen hat. Außerdem macht ihm sein neuer Kollege Bär zu schaffen.

Blut und Behrendt 1990 in *Schimanskis Waffe*. In seiner Rolle als Ballauf war Behrendt zudem von 1992 bis 1994 acht Folgen lang als Assistent von Kommissar Flemming (Martin Lüttge) im Düsseldorfer *Tatort* unterwegs.

Mit *Willkommen in Köln* kehrte der *Tatort* nach 24 Jahren nach Köln zurück. Damals, Anfang der 1970er Jahre, hatte Sieghardt Rupp als Zollfahnder Kressin für Aufklärung gesorgt. Zum berühmtesten Kressin wurde allerdings eine Folge, in der Rupp nur während der ersten zehn Minuten auftaucht: *Tote Taube in der Beethovenstraße* (1973) war ein seinerzeit heiß diskutierter Experimental-*Tatort*, gedreht vom US-amerikanischen Regisseur Samuel Fuller.

Die Erstausstrahlung von *Willkommen in Köln* wurde von 9,18 Millionen Zuschauern gesehen und erreichte einen Marktanteil von 26,3 Prozent. Die Sekretärin Lissy wurde von der jungen Anna Loos gespielt. Noch unbekannt damals: die später legendär gewordene Imbissbude *Wurstbraterei*.

DIE BRÜCKE AM WEIHER

VOM KORRUPTEN COUP ZUR KOMMUNALEN FARCE

7. DEZEMBER 1998

Sie geht inzwischen auf die 50 zu, aber getauft wurde sie noch immer nicht. Die kleine Brücke am Ostasiatischen Museum hat viel erlebt und zahlreiche Mutationen durchgemacht. Schuld daran waren korrupte Beamte und Handwerksbetriebe, die den hölzernen Steg zur gegenseitigen Bereicherung nutzten. Am 7. Dezember 1998 flogen sie auf. Denn in den frühen Morgenstunden jenes Montags begann mit einer Razzia der größte Korruptionsskandal der Kölner Nachkriegsgeschichte.

Als man Köln nach dem Krieg vom Schutt befreite, kam die eigentlich flache Stadt zu einigen mehr oder weniger imposanten Trümmerhügeln. Mit 25 Metern der höchste ist der Herkulesberg zwischen Mediapark und Innerer Kanalstraße, im Volksmund »Mont Klamott« genannt. Aber auch die Erhebungen zwischen Universität und Aachener Weiher verdanken sich den Aufräumarbeiten nach 1945. Heute kennt man sie als begrüntes Idyll, das im Sommer zahllose Kölner zum Sonnenbaden, Grillen und Partymachen nutzen. Ihr Lieblingshang ist jener zum Aachener Weiher hin, mit Blick auf das 1977 eröffnete Ostasiatische Museum. Zum attraktiven Gebäudekomplex des Le Corbusier-Schülers Kunio Maekawa gehörte von Beginn an auch ein Zierbecken direkt vor der Fensterfront des Museumscafés. Ein asiatischer Holzsteg trennt es vom Wasser des Weihers. Die kleine Brücke ist 3,50 Meter breit, rund 30 Meter lang und war ursprünglich ausschließlich aus Bohlen und Rundhölzern konstruiert. Verwendet wurde tropisches Bongossiholz, das wegen seiner Beständigkeit im japanischen Brückenbau sehr beliebt ist. In den 1990er Jahren wurde die ostasiatische Harmonie am Weiher jedoch empfindlich gestört. Geldgier und Skrupellosigkeit trieben die Brücke in den Ruin.

Bereits im Sommer 1997 waren die Kölner Rechnungsprüfer auf »Unregelmäßigkeiten im Zahlungsverkehr und in der Vergabe von Aufträgen« gestoßen. Der Inhaber einer Metallbaufirma hatte städtische Angestellte bestochen, um für Arbeiten am Klinikum Merheim überhöhte Rechnungen stellen zu können. Der Fall wurde zunächst verwaltungsintern geregelt. Der Unternehmer zahlte eine halbe Million Mark Wiedergutmachung, ein paar städtische Bedienstete wurden in andere Abteilungen versetzt. Von Anzeigen wurde abgesehen. Die Sache schien sich »echt kölsch« erledigt zu haben – nur ein Einzelfall, hieß es in der Verwaltungsspitze. Aber wer glaubte, nun weiter seinen üblichen halbgar-verklüngelten Geschäftchen nachgehen zu können, hatte sich geirrt. Denn bald ging es Schlag auf Schlag.

Was sich in Merheim gezeigt hatte, war die Spitze eines Eisbergs. Einige Zeit später erhielt Axel Kaske (SPD), seit 1994 Chef des Rechnungsprüfungsamtes und damit Kölns oberster Korruptionsbekämpfer, einen anonymen Brief. Offenbar stammte er von einem Unternehmer, der sich über eine Baugesellschaft beschwerte, die falsche Materialien einbaute: »Ich sage mal, ein Rohr statt fünf Millimeter drei Millimeter, statt zehn Meter sieben Meter, was weiß ich. Das war so detailliert, dass das eigentlich nur ein Wissender sein konnte.«

»Was machst du damit?«, fragte sich Kaske. Denn bis dato war es in Köln üblich gewesen, anonymen Hinweisen nicht nachzugehen. Wer seinen Namen verheimliche, sei auch nicht ernst zu nehmen, lautete das städtische Credo. Sicherlich Hunderte von Korruptionsfällen waren aufgrund dieser Prämisse ungeahndet geblieben. Kaske jedoch brach mit der unsinnigen Regel und kontaktierte im Januar 1998 Polizei und Staatsanwaltschaft. Die Ermittler nahmen die Arbeit auf, und am 7. Dezember 1998 waren sie bereit zuzuschlagen.

DIE RAZZIA

Um 6 Uhr morgens schwärmten 200 Beamte einer Kripo-Sonderkommission in die Stadt aus – unauffällig in Zivil. Bei der größten konzertierten Polizeiaktion seit Kriegsende durchsuchten sie 51 Firmen und Privathaushalte. Wer wen kannte und wem die Hand wusch, spielte ausnahmsweise einmal keine Rolle. Im Laufe des Tages nahmen sie 22 städtische Sachbearbeiter und zwei Unternehmer fest.

Aber dies war noch nicht alles. Auf die Aktion vom 7. Dezember 1998 folgten weitere Razzien, weitere Festnahmen und Enthüllungen. Was die Fahnder ans Tageslicht brachten, war eine gut geölte Maschinerie von Betrug und Vorteilsnahme. Der Korruptionsbericht des Rechnungsprüfungsamtes sollte 60 Seiten dick werden. Hunderte Haltestellen, öffentliche Toiletten und Grünanlagen waren nur auf dem Papier gereinigt worden. Man hatte unzählige Rechnungen von Firmen bezahlt, die nur aus einem Postfach bestanden. Stets hatten städtische Mitarbeiter dafür die Hand aufgehalten. Der eine tankte sein Auto umsonst bei der jeweiligen Firma auf und bekam obendrein mal eben die Reifen gewechselt. Dem anderen wurde eine neue Treppe ins Eigenheim gezimmert, dem nächsten baute man neue Fenster ein. Auch ein Wintergarten im Wert von 30.000 Mark war drin – bei entsprechendem Entgegenkommen.

Die »Straftaten im Amt« (Vorteilsannahme, Bestechlichkeit, Vorteilsgewährung und Bestechung) waren 1998 um 8,5 Prozent gestiegen, schrieb der *Spiegel* Anfang 1999. Die Fälle von »Vorteilsannahme, also von Behördenmitarbeitern, die sich mit Geschenken etwa zu schneller Bearbeitung von Anträgen animieren lassen«, seien sogar »um 72 Prozent in die Höhe geschossen«. Bundesjustizministerin Herta Däubler-Gmelin machte dafür den »härter gewordenen Wettbewerb« vor allem in der Baubranche verantwortlich. Auch »das fehlende Unrechtsbewusstsein der modernen Ellenbogengesellschaft« diene der Ausbreitung der Korruption. Der Frankfurter Oberstaatsanwalt Wolfgang Schaupensteiner sprach von der »Pest des Schmierens«. Allein in der Baubranche summiere sich der Schaden für die öffentliche Hand auf jährlich rund zehn Milliarden Mark.

In Köln wollte man im Dezember 1998 die Pest eindämmen, wenn nicht besiegen. Beinahe täglich meldeten die Zeitungen neue Schlampereien. Mehr als 100 Ermittlungsverfahren wurden eingeleitet. Und während es zunächst so aussah, als bekomme man lediglich kleine Fische an die Angel, änderte sich dies schlagartig ein drei viertel Jahr später. Sensibilisiert durch die einmal angestoßene Korruptionswelle, geriet ausgerechnet Oberstadtdirektor Klaus Heugel in den Fokus der Öffentlichkeit. Der starke Mann der SPD hatte sein Insiderwissen für lukrative Aktienkäufe genutzt. Kurz vor der Wahl im Herbst 1999 musste er als OB-Kandidat zurücktreten und wurde später wegen Bestechlichkeit zu einer Haftstrafe von einem Jahr und neun Monaten auf Bewährung verurteilt. Die Sozialdemokraten erlitten

Aachener Weiher mit Ostasiatischem Museum und Brücke (rechts hinter dem Museum)

eine erdrutschartige Wahlniederlage, die sie ihre jahrzehntelange Vorherrschaft in Köln kostete.

BOHLEN AUS BONGOSSI

Der Fall der kleinen Brücke am Weiher belegt geradezu exemplarisch, wie dicht das Netz aus Schmiergeldern und Vorteilsannahme gewebt war. Mehr als acht Jahre lang hatte der immer gleiche Sachbearbeiter die immer gleiche Firma mit der Wartung des Steges beauftragt. Wie sich später herausstellte, waren stets zweimal im Jahr jeweils 18 bis 20 der 175 Bohlen ausgewechselt worden. Die Anzahl war so kalkuliert, dass der Preis für die Reparaturarbeiten unter der Marge von 10.000 Mark blieb. Andernfalls nämlich hätte die »Sanierung« eine deutlich aufwendigere Ausschreibung erfordert und damit den Kompetenzbereich jenes Sachbearbeiters überschritten. Bis 1998 war jede Bohle im Schnitt anderthalbmal ausgewechselt worden, und die Stadt hatte insgesamt 126.000 Mark überwiesen. Völlig überflüssig, wie Holzexperten bestätigten.

Denn das ursprünglich verbaute tropische Bongossiholz gilt als nahezu unverwüstlich. Wegen des hohen Fettanteils bedarf es auch im Wasser keiner Imprägnierung. Es widersteht Pilzen und sonstigen Schädlingen, inklusive der besonders gefürchteten Pfahlwürmer. Das rotbraune, schwere Material wird in Asien als Konstruktionsholz im Land-, Wasser- und Fahrzeugbau verwendet. Seine extreme Härte macht Schrauben und Nageln ohne Vorbohrungen unmöglich. Ohne den betrügerischen Deal könnten heutige Spaziergänger wahrscheinlich noch immer über die Originalplanken von 1977 wandern.

Der Betrug war nun aufgedeckt, der Pfusch am Brückenbau hätte beendet sein sollen. Aber in Köln ist man stets in der Lage, auf eine Peinlichkeit noch ein Dutzend weitere zu setzen. Anstatt den Steg instand zu setzen, fing der Schlamassel nun erst richtig an. Und die namenlose Brücke wurde überregional bekannt. Der an der Bestechung beteiligte Gartenbetrieb hatte das Bongossiholz seinerzeit durch weniger resistente Eiche ersetzt. Auch nach dem Skandal behielt man diese Praxis bei. Zwar wurden nun nur noch wirklich marode Bohlen ausgewechselt, aber dafür umso mehr. Die Eiche verwitterte allzu schnell, die Kosten explodierten. Anstatt sich nun vielleicht wieder um – ökozertifiziertes – Tropenholz zu bemühen, setzte man seitens der Verwaltung auf eine kölsche Lösung: Die Ausbesserungsarbeiten wurden eingestellt. Die Brücke verfiel, bis sie von unten durch ein Stahlgerüst gestützt werden musste. Im Jahr 2007 kam dann eine Prüfung des Amtes für Brückenbau zu dem wenig überraschenden Ergebnis, dass die Anlage in Gänze baufällig sei. Ein kompletter Neubau sei vonnöten, so Amtschef Gerd Neweling.

»WIE KANN MAN SO ETWAS NUR PLANEN«

Auch zu diesem Zeitpunkt hätte noch alles gut werden können. Aber das Brückenamt handelte fahrlässig. Anstatt sich am Holzmodell des Architekten Maekawa zu orientieren, wollte man im Frühjahr 2008 eine schmucklose Konstruktion aus Stahl und Beton durchdrücken. Amtsleiter Neweling sah darin kein Problem: »Wir bereiten gerade die Ausschreibung vor, und Anfang nächsten Jahres rechnen wir mit dem Baubeginn.« Aber er hatte die Rechnung ohne den Wirt, in diesem Fall die interessierte Öffentlichkeit, gemacht. Ein Aufschrei ging durch die Presse, es hagelte Einwände gegen den tumben Klotz aus Stahlbeton. Dass dieser Übergang in seiner Schlichtheit sehr schön und dem asiatischen Ensemble drumherum angemessen sei, argumentierten die einen. Und dass man für die avisierten Baukosten von 150.000 Euro ziemlich viele Bohlen verschrauben könne, ergänzten andere. Ein erster Bericht in der *Kölnischen Rundschau* hatte auch die Lokalpolitiker aufgeschreckt. Über Monate war die Bezirksvertretung Innenstadt mit keinem Wort über das Vorhaben in ihrem Revier informiert worden. »Ich kam gerade aus dem Urlaub, als ich den Artikel las, und fand das unglaublich«, erklärte Bezirksbürgermeister Andreas Hupke (Die Grünen). Wie kann man so etwas nur planen.« Seine Partei formulierte einen Antrag für die nächste Sitzung der Bezirksvertretung, der den Wiederaufbau der 30 Jahre alten Brücke in ihrer ursprünglichen Form forderte. Vor allem in ästhetischer Hinsicht sei das Vorhaben der Verwaltung nicht akzeptabel. Die jetzige Brücke sei »sehr sorgfältig geplant und in Abstimmung mit den Architekten des Museums erstellt« worden. Für den Naturraum um den Aachener Weiher herum bilde sie eine »sehr schöne und passende Lösung«, ein Neubau aus Stahlbeton sei »kein adäquater Ersatz«.

Zustimmung kam in der Folge von allen Seiten. Adele Schlombs, die Leiterin des Ostasiatischen Museums, fühlte sich ebenfalls vom Brückenamt hinters Licht geführt. Dicht gereihte Vertikalstäbe aus Stahl statt der streng horizontalen Gliederung nach asiatischem Vorbild würden »das Gesamtkunstwerk am Aachener Weiher komplett zerstören«, kritisierte sie den Verwaltungsentwurf. Auch der Kölner Haus- und Grundbesitzerverein im Verbund mit dem Aktionsbündnis Stadtbaukultur sprach sich »einstimmig dafür aus, den Steg auch künftig in Holz zu fertigen«.

Zu ihrer November-Sitzung hatte die Bezirksvertretung Innenstadt mit Uwe Grimsehl eigens den Abteilungsleiter Planung beim Brückenamt geladen. Er stand auf verlorenem Posten. »Wir sind immer wieder erstaunt, wie instinktsicher die Verwaltung gravierendste Stilbrüche begeht«, hielt ihm Bernhard Mevenkamp von der CDU vor. Grimsehls Andeutung, die Diskussion womöglich in übergeordnete Gremien zu tragen, falls die Stahlkonstruktion hier abgelehnt werde, konterten Grüne und SPD scharf: Die Holzbrücke sei »ohne Wenn und Aber« zu erhalten. »Jegliche alternative Planungen müssen auf der Stelle beendet werden, Ihre Edelstahlbrücke können Sie woanders aufstellen.« Und Bezirksbürgermeister Hupke ergänzte: »Wenn uns die Entscheidung streitig gemacht wird, gehen wir eben vors Verwaltungsgericht.«

Der Beschluss am Ende der Diskussion gestaltete sich dann als reine Formsache: Er verlief einstimmig. »Der Bau einer Betonbrücke (...) wird abgelehnt. Alle diesbezüglichen Planungen sind einzustellen«, hielt das Protokoll fest.

Die Brücke am Ostasiatischen Museum in ihrem ursprünglichen Zustand ab 1977

Blick von der Brücke auf die Museumsterrasse

Unter anderem hatte die Verwaltung den Umweltschutz und die Unterhaltungskosten für ihre Stahlbetonlösung ins Feld geführt. Beide Argumente wurden jedoch im Verlauf der Debatten 2008 entkräftet. Just im vergangenen Oktober war in Düsseldorf eine nagelneue Holzbrücke über die Düssel installiert worden. Der 15 Meter lange und drei Meter breite Bau bestand komplett aus FSC-zertifiziertem Bongossiholz, also jenem Material, das ursprünglich auch für die Kölner Brücke verwendet worden war. Dass man Museumschefin Schlombs gegenüber behauptet hatte, sich »die ständigen kostspieligen Reparaturen« nicht mehr leisten zu können, mutete angesichts der Düsseldorfer Planung fadenscheinig an: 97.000 Euro hatte die dortige, mit ihrer Bogenform weitaus aufwendigere Konstruktion gekostet. Das waren über 50.000 Euro weniger, als man für die Betonbrücke am Aachener Weiher veranschlagt hatte.

Aber zunächst einmal geschah gar nichts. Selbst ein überaus generöses Angebot von Wiljo Schumacher, einem Holzhändler aus dem Severinsviertel, stieß auf taube Ohren. Der 1830 etablierte Traditionsbetrieb (heute: *Holzcity*) bot im Juli 2009 an, das Material für die Erneuerung der Brücke »zum nachweislichen Selbstkostenpreis« bereitzustellen. »Ökologisch zertifiziert und komplett montagefertig«, also inklusive Beschaffung, Zuschnitt und Bohrungen. »Ein fantastisches Beispiel für Bürgerengagement«, befand Bezirksbürgermeister Hupke. Aber der Brückenamtschef winkte desinteressiert ab. »Wenn es so weit ist, machen wir eine Ausschreibung«, sagte der Amtsleiter, und dann kann »der Herr Schumacher sich ja auch bewerben.«

Weibliche Kommentatoren des Prozesses urteilten, hier gehe es mittlerweile eher um Männerehre als um die Erhaltung eines schützenswerten Naturareals. »Befremdlich« nannte auch Hanns Schaefer, langjähriger Vorsitzender des Haus- und Grundbesitzervereins, das Verhalten des Brückenamts. Zwar betonte dessen Chef Neweling gegenüber der Presse, man wolle »eine sachliche

Diskussion, und wenn denn am Ende Holz eine Rolle spielen sollte, werden wir uns danach richten«. Aber man habe eben einen Favoriten: »Und das ist die Betonbrücke.«

Was nun begann, war ein politisch-bürokratisches Hickhack, das die Bürger von Schilda nicht besser hätten inszenieren können. Auf der einen Seite versuchte das Brückenamt die Entscheidung in den Verkehrsausschuss und damit in den Rat zu tragen, um der Bezirksvertretung Innenstadt das Wasser abzugraben. Dort wiederum argumentierte der Grüne Christoph Goormann, es handele sich um keine Brücke, sondern um einen Steg. Für den sei nicht das Brücken-, sondern das Grünflächenamt zuständig, wo man sensibler mit solch einem Projekt umgehen würde. Selbst für den Fall, dass die Sache vor den Rat der Stadt käme, zeigte sich Bezirksbürgermeister Hupke zuversichtlich: »Es übersteigt mein Vorstellungsvermögen, dass der Rat das einstimmige Votum der Bezirksvertretung ignorieren könnte.«

Im weiteren Verlauf jedoch wurde das Areal weder unter Denkmalschutz gestellt, noch wurde ein zeitweise geplanter Verein Steg e.V. gegründet. Stattdessen rottete die Brücke weiter vor sich hin, bis sie Ende 2009 komplett gesperrt wurde. Nun kamen zwar die Weiherenten noch unter ihr hindurch, aber kein Fußgänger mehr über das Wasser. Ein externes Prüfungsbüro hatte die Entscheidung herbeigeführt – wie viel dessen Gutachten den Steuerzahler gekostet hatte, wurde nicht bekannt. Ein paar Bongossibohlen wären für den Betrag aber sicherlich drin gewesen.

Immerhin jedoch hatte die erschütternde Diagnose Bewegung in die Sache gebracht. Bezirksvertretung und Brückenamt standen vor einer Einigung. »Die nächste Vorlage der Verwaltung wird eine reine Holzkonstruktion vorsehen«, verkündete Bezirksbürgermeister Hupke. Der Kompromiss war allerdings ein fauler: Zwar sollten die Bohlen wieder aus Holz bestehen, aber es blieb bei der von der Verwaltung geplanten Basis aus Beton und dem stählernen Geländer.

Sei's drum, schließlich waren alle Beteiligten inzwischen zu erschöpft, um noch über derlei »Kleinigkeiten« zu streiten. Den meisten ging es inzwischen nur noch darum, den mehrjährigen Stillstand zu beenden. Aber auch daraus wurde nichts.

Statt neu zu bauen, wurde 2009 erst einmal eine provisorische Behelfsbrücke aus Gitterrohren installiert. »Wenn da jemand drüber lief, machte das einen Krach, den konnte man bis in den Biergarten hören«, hieß es in einem Bürgerforum im Internet. Mit jedem die Brücke querenden Jogger entstehe auf der Außenterrasse des Museums eine »Schießplatz-Atmosphäre«, schrieb jemand anders. Ganz zu schweigen von der Optik des Konstrukts: »Das gesamte Erscheinungsbild erinnert an den Hochwassersteg eines überfluteten Stadtteils in Ufernähe.«

Obendrein verursachte auch die Interimslösung laufende Kosten: 760 Euro Miete, so las man, musste die Stadt dafür monatlich berappen. Laut Brückenamtschef Neweling keine große Sache, denn »wenn jetzt alles wie geplant verabschiedet wird, kann der Neubau noch in diesem Herbst vonstattengehen«.

Ging er aber nicht. Und auch nicht im nächsten oder übernächsten Herbst. Fünf volle Jahre sollte die Behelfsbrücke die einzige Querungsmöglichkeit über den Weiher bleiben. 760 Euro mal 12 Monate mal 5 Jahre plus Kosten für Gutachten und die Gehälter der damit befassten Beamten? In Düsseldorf baut man dafür schöne neue Brücken.

MINDERWERTIG, FEUCHT, VERZOGEN

Wir wollen diesen Bericht nicht künstlich in die Länge ziehen, aber manchmal »kütt et eben, wie et kütt«: Die erste Ausschreibung für einen Neubau scheiterte – niemand bewarb sich. Auch Wiljo Schumacher ließ die Finger davon. Zum einen führte er keinen Gartenbaubetrieb, sondern eine Holzhandlung. Und zum anderen hatte man sein großzügiges Angebot allzu schnöde zurückgewiesen.

Nach der zweiten Ausschreibung meldete sich schließlich ein Unternehmen aus der Eifel und bekam den Zuschlag. Wegen des recht strengen Winters 2010/11 begann man mit dem Betonfunda-

Aachener Weiher und Brücke heutzutage, links die Skulptur ›Fahne im Wind‹ des Bildhauers Masayuki Nagare

ment jedoch erst im März 2011. Die Holzbauer wiederum traten erst im Juni auf den Plan. Es habe Lieferschwierigkeiten gegeben, hieß es. In Wirklichkeit jedoch hatten die Eifler Eichenholz aus dem eigenen Wald geschlagen, unzureichend getrocknet und falsch gelagert. Schon während des Einbaus verzogen sich die ersten Bohlen, das Holz riss, begann zu schimmeln und wurde gar von Insekten befallen. Ein Sachverständiger (auch er musste bezahlt werden) diagnostizierte zentimeterhohe Stolperkanten. Beim verbauten Material handele es sich um »minderwertiges, zu feuchtes Holz mit Rindeneinschlüssen und unzulässiger Astgröße«. Außerdem seien die Geländerstützen falsch montiert und die Schraubenköpfe zu tief versenkt worden.

»Das ist einfach Pfusch am Bau«, fluchte der Bezirksbürgermeister. »Wenn der Mann es jetzt nicht kapiert, dann werfen Sie ihn lieber raus und machen Sie einen Schnitt, als dass er jetzt jahrelang hinter seiner Arbeit hinterherpfuscht«, empfahl er der Verwaltung. Diese verfügte einen sofortigen Baustopp, um den schludernden Unternehmer in die Pflicht zu nehmen. Aber »trotz mehrfacher Aufforderung, Fristsetzung und Abstimmungsgesprächen unter juristischer Begleitung zeigte die ausführende Firma keine Bereitschaft, die Brücke in einen ordnungsgemäßen Zustand zu bringen«. Woraus folgte: Die Firma wurde verklagt, die Behelfsbrücke blieb an ihrem Platz gleich neben dem ruinösen Ur-Steg.

Deutschlandweit berichteten Zeitungen über das Brückendesaster. Nicht zum ersten Mal schüttelte die Republik den Kopf über Köln. Auch in der Stadt selbst hatte man nur noch Spott übrig für die Farce am Aachener Weiher. Als jemand den Kauf der Interimsbrücke in Erwägung zog, um die Miete zu sparen, entgegnete man ihm im Bürgerforum: »Beim Kauf der Behelfsbrücke sehe ich allenfalls ein Risiko ... Sobald sich das Metallgerüst im städtischen Eigentum befindet, könnte ja ein Sachbearbeiter jedes Jahr einige Metallstreben und Verbindungsschellen austauschen lassen. Diesen kleinen, aber feinen Auftrag erteilt er stets dem gleichen Gerüstbauer – rein zufällig ein guter Bekannter ... An was erinnert mich dieses ›Kopfkino‹ nur?«

Ausschreibung, die Dritte: Aus den zunächst 150.000 veranschlagten Euro waren zwischenzeitlich 310.000 geworden. Aber auch die sollten nun nicht mehr reichen. 490.000 Euro lagen jetzt im Topf, ein Betrag, für den man 2011 ein Einfamilienhaus mit großem Garten in guter Lage bekam. Zum Teil ging die Kostensteigerung wiederum auf einen Planungsfehler zurück: Der städtische Verkehrsausschuss hatte vergessen, die Kosten für die Behelfsbrücke im Voranschlag mit aufzunehmen.

Dieses Mal jedoch sollte die traurige Angelegenheit zu einem erfolgreichen Ende kommen. Im Oktober 2013 erhielt ein Holzbaubetrieb aus Fresenburg im Emsland den Zuschlag. Statt deutscher Eiche kam nun wieder tropisches Bongossiholz zum Einsatz – wie vom japanischen Stararchitekten ursprünglich geplant. Allerdings blieb es beim hochgezogenen Stahlgeländer, das nicht nur Museumsleiterin Adele Schlombs ein Dorn im Auge ist: »Die Brücke entstand mit dem Museum, war an dessen horizontale Gliederung angepasst. Ich hätte mir ein weniger wuchtiges Geländer gewünscht.«

Aber immerhin: Die Posse war beendet. 16 Jahre nach der Razzia, sieben Jahre nach dem Neubaubeschluss, fünf Jahre nach ihrer Sperrung konnte die Brücke am Aachener Weiher im Mai 2014 wieder eingeweiht werden – letztlich ein Klacks gegenüber der gut 600-jährigen Bauzeit des Kölner Doms.

Die groß angelegte Aktion von 1998 hatte durchaus Folgen. So installierte Köln 1999 zum Beispiel einen Antikorruptionsbeauftragten. Die Brücke am Aachener Weiher jedoch ist noch immer nichts anderes als ... die Brücke am Aachener Weiher. Damals wie heute ist der kleine Steg unbenannt – ein Unding angesichts seiner bewegten Geschichte. Was die Verwendung von Stahl und Beton anbelangt, sollte man inzwischen wohl besser kein neues Fass aufmachen. Aber einen Namen hätte es doch unbedingt verdient, das Brückchen! Hat jemand einen Vorschlag?

RICHMODSTRASSE

Bildnachweis

Archiv M. DuMont Schauberg Mediengruppe: 11/12 • Bundesarchiv, B 145 Bild-F007690-0012, Egon Steiner: 47/48 • Bundesarchiv, Abteilung Filmarchiv, Welt im Film 205/1949: 17 • Deutsches Uhrenmuseum Furtwangen, Inv. 12-4002: 198 • Emma, Christel Becker-Rau: 192 • Wolfgang Peter Geller: 111 • Horstmüller Pressebilderdienst: 63/64, 71, 72 • Militärhistorisches Museum der Bundeswehr: 74 • Kölnische Rundschau: 51, 129/130, 134, 138, 225, 239 • Kölnische Rundschau, Thomas Banneyer: 252 • Kölnische Rundschau, Jörg Fleischer: 241/242, 251 • Landesarchiv NRW – Abteilung Rheinland – Gerichte Rep. 248, Nr. 178: 57 • Hans-G. Meisenberg: 188 • NS-Dokumentationszentrum der Stadt Köln, Gernot Huber: 113/114, 123 • picture-alliance, dpa: 27/28, 81, 89, 90, 211 • picture-alliance, dpa, Lothar Heidtmann: 77/78 • picture-alliance, dpa, Horst Ossinger: 40, 43 • picture-alliance, dpa, Gerhard Rauchwetter: 86 • Rheinisches Bildarchiv Köln, rba_d029774: 54 • Rheinisches Bildarchiv Köln, rba_L003182_03: 133 • Barbara Thoben: 44, 256 • Wolfgang Vollmer: 61 • Wikimedia Commons, CC-BY-SA 4.0: 32 • Kölner Fotoarchiv: 117

Alle weiteren Fotos aus dem Bildarchiv Kölnische Rundschau, www.grevenarchivdigital.de:

Hans-Peter Dahlhausen: 118 • Christian Dalchow: 105 • Bernhard Eifrig: 93/94, 121 • Peter Gauger: 231/232 • Stefan Lipski: 141/142, 152, 159 • Frank Schütte: 176, 183/184, 195, 196 • Brigitte Stachowski: 172, 181, 206, 215 • Werek: 82 • Hansherbert Wirtz: Umschlag, 7/8, 21, 99, 100, 124, 127, 165/166, 171, 178, 219/220, 234, 263/264 • unbekannt: 18, 24, 102, 106, 108, 144, 147, 149, 155, 156, 163, 201/202, 209, 212, 216, 228, 247, 259/260

Es konnten nicht alle Bildrechteinhaber ermittelt werden. Wir bitten, sich gegebenenfalls mit dem Verlag in Verbindung zu setzen.

Dank

Für Hinweise und Unterstützung bedanke ich mich bei Fritz Bilz, Karola Fings, Reinhard Frost, Johannes Graf, Dennis Janzen, Mario Kramp, Günther Meisenberg, Wera Reusch, Jürgen Roters, Johannes Schröer, Martin Sölle, Barbara Thoben, Marcus Velke und Rita Wagner.

Informationen zum Autor

Bernd Imgrund wurde 1964 in Köln geboren und lebt dort noch immer. Er hat rund 35 Bücher veröffentlicht – Romane, Sachbücher und Reiseliteratur. Seine Interview-Serie ›Imgrund im Gespräch‹ erscheint seit über 15 Jahren in der Kölnischen Rundschau.

Seha
K- 3340